Diário de Estela

Diário de Estela 2

Instituto dos Corações Partidos

Stern & Jem

Tradução
Carolina Nemer

JANGADA

Copyright © 2013 Stern & Jem.

Copyright da tradução © 2016 Editora Pensamento-Cultrix Ltda.

Texto de acordo com as novas regras ortográficas da língua portuguesa.

1ª edição 2016.

Todos os direitos reservados. Nenhuma parte deste livro pode ser reproduzida ou usada de qualquer forma ou por qualquer meio, eletrônico ou mecânico, inclusive fotocópias, gravações ou sistema de armazenamento em banco de dados, sem permissão por escrito, exceto nos casos de trechos curtos citados em resenhas críticas ou artigos de revistas.

A Editora Jangada não se responsabiliza por eventuais mudanças ocorridas nos endereços convencionais ou eletrônicos citados neste livro.

Coordenação editorial: Manoel Lauand

Editoração eletrônica: Estúdio Sambaqui

DADOS INTERNACIONAIS DE CATALOGAÇÃO NA PUBLICAÇÃO (CIP)
(CÂMARA BRASILEIRA DO LIVRO, SP, BRASIL)

Stern
  Diário de Estela : instituto dos corações partidos / Stern & Jem ; tradução Carolina Nemer. -- 1. ed. -- São Paulo : Jangada, 2016.

Título original: Diario de Estela : el instituto de los corazones rotos.
ISBN 978-85-5539-040-1

1. Ficção - Literatura infantojuvenil I. Jem. II. Título.

16-00472   CDD-028.5

Índices para catálogo sistemático:
1. Ficção : Literatura infantil 028.5
2. Ficção : Literatura infantojuvenil 028.5

Jangada é um selo da Editora Pensamento-Cultrix Ltda.

Direitos de tradução para o Brasil adquiridos com exclusividade pela
EDITORA PENSAMENTO-CULTRIX LTDA.
Rua Dr. Mário Vicente, 368 — 04270-000 — São Paulo, SP
Fone: 2066-9000 — Fax: 2066-9008
E-mail: atendimento@editorajangada.com.br
http://www.editorajangada.com.br
que se reserva a propriedade literária desta tradução.
Foi feito o depósito legal.

Este diário pertence à
ESTELA
Um Anjo do Amor em treinamento!

Dia terrestre: 12 de outubro, 12:00 horas
Calendário celestial:
3ª era do milênio lunar

Olá a todos!

Como você está? Que vontade que eu estava de te ver! Estou super contente de começar um novo diário. A verdade é que como não paro quieta nem um segundo, até hoje não tinha conseguido ir à loja **Pergaminhos Papel Celeste** para comprar um...

Aiiii, desculpe, sou um pouco distraída, e não pensei que alguns de vocês não me conhecem ainda. Então vou me apresentar:

Eu me chamo Estela e sou um Anjo do Amor.
Simmmm, você leu certo!
Sou um Anjo da Ordem do Cupido.

E JÁ TENHO MINHAS PRECIOSÍSSIMAS ASAS!

É verdade que ainda estou em treinamento e ainda falta muito para aprender; que ainda não domino toda a arte da Magia do Amor; que tenho de suportar um companheiro horrível; e que ainda não pude realizar uma missão de verdade, mas... tudo chegará, estou certa disso! **Com esforço, tudo se consegue, gente!**

Para os que não sabem, conseguir as asas foi muito difícil. Depois de me formar no Instituto Nuvens Altas, tive que passar na parte prática, e, para minha desgraça, caí com o pior tutor do mundo: **JOEL!** Grrrr... Me pediu, sem mais nem menos, que superasse a dificílima prova na qual os humanos APS (**Amigos Para Sempre**) declarassem seu amor entre si. Algo nada fácil, tendo em conta que até este momento só uns poucos **Anjos Superiores** haviam conseguido isso... Mas, depois de uma acidentada aventura, eu a superei, e assim consegui minhas asas... **Elas são tão bonitas!** Ainda estou me acostumando com elas. São muito suaves, e já quase voo perfeitamente.

O que tem acontecido desde a última vez que escrevi em um diário? Afff... Na verdade, se eu for sincera, não muita coisa. É que os anjos principiantes passam uns meses em missões sem muita ação e, normalmente, nenhuma delas exige que se tenha de ir à Terra... e eu sinto falta disso...

Não é que me queixe, na verdade passei estes dias muito bem, praticando novas magias, fazendo **Aulas de Voo**, aprendendo mais sobre o comportamento humano e sobre o amor... Mas, em relação às tarefas oficiais, por enquanto não fiz mais do que minha magia lá da **Torre de Controle do Cupido** para que chegue a tempo uma carta de amor ou mandar coragem a jovens corações que querem se declarar ou provocar que dois olhares se cruzem... E não está mal, mas você já me conhece: **necessito de mais ação!**

Humm... e mais ou menos isso é tudo. O quê?, na verdade os interessava saber algo sobre ELE? Aiiii... Já sei que você quer me perguntar como andam as coisas... "e com Joel, como está?" Pois não muito bem: é que dentre todos os anjos, eles tinham que escolher logo a mim para ficar com ele? Grrrr... Joel continua sendo cara de pau como sempre. Ele passa o dia me chamando e eu sempre vou correndo pensando que, finalmente, teremos uma **GRANDE** missão; porém, ao chegar sem

fôlego aos escritórios, as únicas coisas que ele me pede são: que eu lhe traga um Chocolate com Nuvens quentinho, que organize os papéis, que passe na classe para recolher os trabalhos dos alunos dele. Mas o que mais me irrita é que ele não para de me perguntar se eu não pensei melhor e se não quero deixar a Ordem... Grrrr... Será?!

Sem cerimônia, outro dia ele chegou perto de mim e disse:

— Na Ordem do Meio Ambiente estão procurando anjos em treinamento por meio período; você não tem vontade de ir por uma temporada? Acho que seus conhecimentos iriam lhes servir muito bem...

— Sério? — perguntei, entusiasmada, pensando que ele dizia isso porque confiava em mim. (A verdade é que sempre gostei de Ciências Naturais e, como não temos trabalho, talvez não seja uma má opção...)

Então, o traíra me responde...

— Nossa, será divertido te ver, porque, do jeito que você é, com certeza vai acabar provocando um desastre, como fazer nevar no verão ou fazer aparecer sapos em qualquer piscina... e sorte que já não existem dinossauros, porque, do contrário, com certeza você voltaria a extingui-los...

Eu nem respondi... ele não tem compaixão. Ao final do meu primeiro teste, inclusive cheguei a pensar que ele tinha coração, mas, após passarmos este tempo juntos, **eu lhes garanto que ele NÃO tem!**

Porém, como você sabe, Estela, o Anjo do Amor (em treinamento), não se rende perante a nenhuma adversidade, **e muito menos perante ao cara de pau do JOEL!**

Eu deixo vocês, porque tenho aula de **Tiro com Flechas de Cupido.**

Beijinhos a todos!

Dia terrestre: 12 de outubro, 17:00 horas

Calendário celestial:

3ª era do milênio lunar

Sim, sim, sim! Começar de novo o diário tem me trazido sorte! Lembra que eu disse que estava no Campo de Tiro?

Pois enquanto eu tentava fazer com que as flechas não se desviassem de sua trajetória (a verdade é que ainda sou uma principiante e a maioria das vezes não acerto no alvo, e meus pobres companheiros sempre acabam com algumas delas no traseiro...), me apareceu um pergaminho com o emblema da Ordem do Amor...

E sabe o que significa isso? Não? Que já temos atribuída minha primeira missão oficial na Terra! Ebaaaa!

Eu sei que deveria esperar até que o Joel estivesse aqui para abri-lo, mas... também não vai ser tão ruim se eu der uma olhada sozinha na Missão... O que eu faço? É que não consigo resistir à curiosidade! Estou muito nervosa!

Fui correndo ao escritório do Joel para lermos juntos o pergaminho, mas, claro, o "senhorzinho" como sempre não estava ali. Parece que ele foi a uma excursão com o pessoal do Centro da Constelação de Órion e não vai voltar até o fim da tarde... Grrrr...

Enfim, pessoal, eu vou tomar um banho, ver se relaxo um pouco, para fazer o tempo passar até ele voltar...

Porque a espera está sendo eterna!

Dia terrestre: 12 de outubro, 17:45 horas
Calendário celestial:
3ª era do milênio lunar

Preciso abrir o Pergaminho e saber qual destino me espera nesta Missão!

De tanto manuseá-lo, o selo se rompeu "acidentalmente"...

Não tem nada de ruim em dar uma olhadinha para ver do que se trata, NÉ? Além do mais, imagine se é uma URGÊNCIA das GRANDES e que os CORAÇÕES TERRESTRES dependam de UM SÓ Anjo do Amor; imagine que sofram e que precisem de mim para salvá-los de...de... bom, de algo... Você tem razão, me convenceu, não posso mais perder nem mais um

segundo. Então, o Joel que me desculpe, mas ele vai ler quando tiver a dignidade de aparecer.

LET'S GO READING!

"Código da Missão: AI (Amores de Instituto) - Nível 1
Lugar: Instituto Esmeralda, Distrito 12 - Terra

Anjos Guardiões do Amor Joel e Estela:

Recentemente recebemos um comunicado do Distrito 12 no qual nos alertam que eles têm detectado um índice de Desamor e Corações Partidos fora do normal. Desde que se iniciou o curso, não houve nem uma só declaração de amor entre seus alunos, nem um beijo na bochecha, nem um bilhete para convidar algum amigo para ir ao cinema...

Até agora, jamais havia acontecido nada parecido. Mesmo que a gente tenha tentado detectar algo que pudesse estar afetando o correto desenvolvimento das primeiras flechadas do instituto, não foi possível determinar do que se trata.

A missão de vocês é se infiltrar nesse instituto e estar atentos para descobrir o que ou quem se esconde por trás dessa Perturbação do Amor. Nas próximas horas, vocês irão conhecer suas identidades secretas.

Muita sorte para os dois,

Daniel, Mestre Superior do Amor."

UAAUUU! Minha primeira missão e já terei uma identidade secreta terrestre! Quem serei? Uma doce professora? Uma atenta secretária? Uma aluna de intercâmbio? Vou fazer minha mala agora mesmo!

Tchau!

Dia terrestre: 13 de outubro, 05:55 horas

Calendário celestial:

3ª era do milênio lunar

Uaaaaah...! Estou com muito sono... Ainda não são nem seis da manhã e já estou aqui, na plataforma de **Saída dos Anjos** para o Distrito 12, com a mala preparada e esperando o Joel para começar nossa viagem.

A verdade é que eu dormi mal, porque, à meia-noite, o Joel não conseguiu pensar em nada melhor do que me enviar um escandaloso pássaro mensageiro, que não parou de bicar minha cabeça, até que me acordou de mau humor.

Na sua pata tinha preso um bilhete do meu queridíssimo e tedioso companheiro...

Querida Estela:

Espero que minha mascote não tenha te acordado. Claro que, se isso não tivesse acontecido, você não estaria lendo este bilhete. Hahahahaha!

O Mestre Daniel me avisou sobre nossa Missão. Sim, esta que você leu sem minha autorização, ontem no seu quarto... Da próxima vez, melhor vir me ver antes e me pedir aconselhamento, porque eu não gostaria que um anjinho tão bonito como você perdesse suas asas rapidamente.

Por fim, neste momento, não vou levar isto em consideração, mas, daqui para frente, seja um pouco mais educada e espere aquele que ainda é seu superior. Se apresente amanhã, **seis em ponto**, na Plataforma de Voo Distrito 12.

Atenciosamente, seu companheiro e ainda SUPERIOR enquanto esteja em treinamento,

Joel

P.S.: A propósito, amanhã me traga um chá com duas pedras de açúcar e um biscoito; serão perfeitos para o meu café e te ajudarão a corrigir seu erro de abrir pergaminhos oficiais sem mim.

Então, estou aqui madrugando e com o chá que tive de preparar, eu mesma, antes de sair, para não ter que escutar suas queixas... Como você está atrasado, vou tirar um cochilo aqui mesmo...

ZZzzzz...

> Dia terrestre: 13 de outubro, 09:45 horas
> Calendário celestial:
> 3ª era do milênio lunar

Aaaargh!

Já decidi! Quando eu voltar desta missão, peço a mudança de companheiro! Não quero vê-lo mais! Não tenho por que aguentá-lo!

Eu conto a vocês: depois de me fazer esperar por MAIS de TRÊS HORAS, com o chá na mão, eu vejo ele chegar com óculos de sol, uma camisa florida e um par de malas.

Depois de tirar os óculos, sorriu para mim e disse:

— Espero que não esteja me esperando há muito tempo...

— Mas você pediu que eu estivesse aqui às seis!

— Simplesmente precisava que você estivesse aqui desde cedo para que o chá esfriasse o suficiente. Você o trouxe, certo? E o biscoito?

Super irritada e a contragosto, eu dei as coisas para ele, que continuou:

— Porque para uma viagem tão longa é necessário tomar um bom lanche...

— Uma viagem longa? Mas o Distrito 12 está a meia hora de voo... — perguntei, surpresa.

— Correto, querida! Mas esse é o seu destino, o meu está mais longe...

— Quêêêê!?

— Acontece que como me estressou muito ter sido seu tutor, pedi férias: eu vou para **Termas Infinito**, "onde você relaxa sem um segundo de hesitação". U-huuu...

— Mas você não pode ir! Você tem uma missão! TEMOS UMA MISSÃO! — eu disse, sem acreditar no que ele estava dizendo.

— Precioso anjinho, deixa eu te corrigir: VOCÊ TEM uma missão. Eu convenci o Mestre Daniel que será uma fantástica prova para você. Além do mais, como sempre, você vai contar com meu apoio à distância, e se algo der errado, e, te conhecendo, com certeza dará, farei um esforço e virei te resgatar de alguma de suas gafes.

Me deu um beijo na bochecha e se foi.

SE FOI, ME DEIXANDO SOZINHA EM MINHA PRIMEIRA MISSÃO! QUE CARA DE PAU!

Mas querem saber a verdade? Eu não preciso dele! Vou mostrar para todo mundo que sou um autêntico Anjo do Amor!

Então, lá vou eu. Só espero que a missão não se complique...

Vamos lá, Estela, melhor só do que mal acompanhada!

Dia terrestre: 13 de outubro, 16:00 horas
Calendário celestial:
3ª era do milênio lunar

Estou horrível, cansada e tenho arranhões por toda parte! Quando consegui chegar ao dormitório de estudantes, eu estava péssima!

E, como sempre, quem foi o responsável por este desastre? JOEL! **Aaarrgh!** Eu passaria o dia gritando o nome dele, só para desabafar... Respire fundo, Estela...

Acontece que, após se despedir, ele voltou para me pedir um último favor: que lhe ajudasse a colocar sua bagagem a bordo, "porque você tem que ser uma boa companheira e blá blá blá...". Enfim, quando acabei de guardar as malas (que pesavam MUITÍSSI-MO), ele aponta para o Transporte Celestial, que se distancia, e me diz com um sorriso malicioso:

— Pequena, **não é este seu voo?** Espero que não, ou você chegará tarde para sua missão, já que o próximo não sai até a semana que vem... Seria uma pena perder suas asas antes de começar... Você deveria madrugar um pouco antes, da próxima vez...

Nem quis acabar de ouvi-lo. Peguei minha mala e comecei a correr em sentido à porta D12 e, SIM, esse era o meu Transporte Celestial. **Com certeza ele havia feito isso de propósito para eu perder meu transporte! Grrrr... Ele não vai escapar dessa!**

Diante do olhar de descrença do **Anjo Guardião da Pista**, eu saí voando tão depressa quanto pude, atrás do Transporte Celestial, uma espécie de nuvem muito cômoda e rápida que nos leva a diferentes destinos, entre eles a Terra, camuflando nossa energia.

Então, imagine eu atrás do voo, como uma louca, com minhas pobres asinhas exaustas, tentando camuflar minha energia como podia, para que os humanos não me vissem.

Foi uma viagem longuíssima e horrível. Passei por duas tempestades, enjoei com um pequeno furacão, e até um raio raspou em mim... Além disso, dois aviões passaram tão perto do meu corpo, que quase me choquei com eles. E, como se o voo não tivesse sido suficientemente ruim, ao descer, tropecei em um bando de pássaros e aterrissei em cima de uns arbustos espinhosos da residência de alunos onde ficarei...

Aiiii! O golpe foi tão forte que soltei um grito e, em seguida, vieram vários alunos e o porteiro, que me olharam com desprezo, enquanto outros não paravam de rir. Que vergonha! Mas pelo menos deu tempo de disfarçar um pouco!

Me levantei muito dignamente, fingindo que não tinha acontecido nada, e o porteiro, franzindo o nariz, me disse:

— Desculpe, mas aqui é uma propriedade privada. Me acompanhe e te mostrarei a porta de saída...

— É... que... bem... eu sou a nova estudante de intercâmbio...

— Você é a estudante que chegaria hoje? Que forma de começar! — exclamou, horrorizado.

— Sim... é que eu caí...

— Não tem problema, vou te acompanhar até o seu quarto para que você troque de roupa... Aqui se exige um mínimo de boa aparência... — ele me disse, enquanto me olhava de cima a baixo, com um gesto de desaprovação.

Ao chegar no dormitório, me vi no espelho.

Que aspecto terrível! O cabelo bagunçado, cheio de penas, com o rosto chamuscado pelo raio, suada dos pés à cabeça, e com a roupa meio rasgada por causa da queda... E além disso... Olhe quantos espinhos! Pareço com um cacto! Aiiii...

E o pior é que recebi uma Notificação Celestial com uma advertência...

"Aos cuidados do Anjo do Amor Estela-00555:

Por meio desta, comunicamos que tivemos de usar o 'desmemorizador' com os humanos que estavam nos aviões com os quais você cruzou, hoje, em seu voo nada ortodoxo. Porque, apesar de você ter utilizado a invisibilidade em seu corpo, você não a usou em sua mala. Devido a isso, humanos histéricos começaram a gritar que viam malas voadoras. Por sorte, controlamos os ataques de pânico em seguida.

Em futuras missões, preste atenção às regras e tente não fazer voos como esse. Desta vez, não tomaremos medidas, mas tenha mais cuidado.

Esperamos que você execute sua missão sem mais incidentes,

Comitê de Advertências da Ordem do Amor."

Me sinto péssima! Tinha me esquecido de ocultar a mala! Sou um desastre! Outra notificação como esta e não quero imaginar o que pode me acontecer...

Vou tirar vou os espinhos e me limpar um pouco... Maldito Joel!

Até logo.

Dia terrestre: 13 de outubro, 19:00 horas

Calendário celestial:

3ª era do milênio lunar

Eu sabia! Ele não conseguiu resistir! Me mandou um bilhete junto com uma foto dele! Vejam... lá está Joel, com as águas termais ao fundo!

O bilhete diz:

Querida Estela,

Podemos dizer que você realmente soube tirar proveito de suas asas! Que forma de voar! Aliás, seu voo tem sido a notícia mais vista no noticiário do Instituto Nuvens Altas.

Especialmente por causa de sua mala, cheia de coraçõezinhos, voando sozinha! Não sei se gostei mais do momento "chamuscada pelo raio" ou do momento "humanos aterrorizados por MVNI (Maleta Voadora Não Identificada)".

Seu querido companheiro,

Joel

P.S.: A propósito, tenha cuidado ao tirar os espinhos. Do jeito que você é bonitinha, seria uma pena se eles te deixassem marcas.

Grrrr...
Sabe o que fiz com a sua foto?

Eu colei ela atrás da porta, para poder utilizá-la como ALVO em dias de mau humor...!

Aiiii... Me desculpem, mas preciso deixá-los, pois tenho que acabar de me arrumar.

Boa noite a todos.

Dia terrestre: 14 de outubro, 7:30 horas
Calendário celestial:
3ª era do milênio lunar

Acabei de chegar ao instituto! Estou tããão nervosa!

Mas também estou entusiasmada, pois irei estrear minha Identidade Secreta Terrestre (IST)... Deixe-me fazer as apresentações oficiais:

Meu nome é Estela Star e venho de Nuvelândia, um país longe e tão pequeno que nem aparece nos mapas... Eu vou ficar durante um tempo na classe C, cursando o segundo ano do ensino médio, no Instituto Esmeralda.

Como estou? Vocês gostam do meu traje de estudante de intercâmbio? A roupa que me ofereceram não é linda?

Eu tive muita sorte porque eu adoro os vestidos da Terra e neste instituto não usam uniforme, então, vou ter que escolher a cada dia uma roupa diferente ^_^. Tendo em conta que em Nuvens Altas sempre estamos vestidos de maneira igual, para mim isto é algo novo e excitante...

O instituto parece estar tranquilo, mas vou permanecer alerta para qualquer coisa que possa acontecer. Acho que já chegaram os primeiros alunos!

Logo conto para vocês!

> Dia terrestre: 14 de outubro, 16:00 horas
> Calendário celestial:
> 3ª era do milênio lunar

Eu já conheci meus colegas! Vou aproveitar que estou na biblioteca para contar a vocês quem são, pois, do jeito que sou distraída, acabarei esquecendo de alguém...

Minha classe, do segundo ano, tem trinta alunos, mas, para trabalhar as matérias do curso, nos dividem em grupos de seis. E estes são meus colegas de grupo:

GINA — É uma menina ruiva, de cabelo ondulado e olhos verdes. É muito extrovertida e está sempre sorrindo. Além disso, é encarregada do "Babado Forte", o jornal do instituto (ela me contou que ultimamente não tem muitas fofocas para contar, porque apenas acontecem flertes, o_o! Para isso estou aqui!).

MAX – É alto, com cabelo castanho e olhos azuis. É um excelente esportista, bom aluno e representante da classe. É muito educado e simpático, mas acho que é bastante reservado. Parece nobre e leal. Todos falam super bem dele. Ah! E notei um IA (interesse amoroso) Nível 8 por outra colega do grupo chamada Mia. Espero poder ajudar!

MIA – É morena e tem olhos castanhos. É tranquila, boa aluna e grande amiga de Gina. É capitã da equipe feminina de voleibol. Parece um pouco tímida e também notei nela um IA-Nível 8 por Max. Não é genial?

ROSS – É moreno, usa o cabelo preso em um rabo de cavalo e tem olhos acinzentados. É bastante popular entre todos os alunos e me falaram que consegue fazer bem qualquer coisa que se propõe. É meu colega de carteira (por enquanto, estou em dia com a matéria).

JIM – É gordinho, baixinho, loiro, tem olhos escuros e uma cicatriz na maçã do rosto, que ganhou ao tentar espiar as meninas no vestiário (olhem só a peça!). É o engraçadinho do grupo. Passa grande parte do tempo fazendo piadas (especialmente com os novos alunos). E tem algo característico: fala de uma maneira um pouco estranha...

A verdade é que todos me acolheram muito bem (é incrível como os Anjos da Torre da Secretaria programam tudo para que ninguém se dê conta de nada). A única coisa chata é que, ao ser uma aluna **REAL**, tenho um monte de lição de casa que preciso fazer todos os dias (ainda bem que já havia tido um curso similar em Nuvens Altas ou estaria frita...!).

Espero poder contar-lhes algo em breve.

Um abraço!

> Dia terrestre: 15 de outubro, 19:30 horas
> Calendário celestial:
> 3ª era do milênio lunar

Hoje eu tive muitas aulas e deveres para fazer, mas minha missão como Anjo do Amor está sempre em primeiro lugar. E sabe do que mais?

Já coloquei em prática minha Magia!

Tudo aconteceu ao meio-dia, no refeitório do instituto. Estava com Gina e Mia, terminando uma deliciosa gelatina de morango, quando notei que algo estranho estava acontecendo...

Neste momento, Gina, que parece ter um radar para os assuntos do coração, (seria uma boa aluna da Ordem, no Instituto Nuvens Altas ^_^), nos disse, sorrindo:

— Olhem, meninas! Parece que esse garoto está tentando mandar um bilhete... Mmm... o que ele está escrevendo? E se eu chegar perto e ler? Seria um grande furo jornalístico, hein?

Mia a repreendeu:

— Gina, se liga, você não percebe que é um assunto particular?

— Nossa... você é muito cricri, Mia. Imagine por um momento que pode ser um amor secreto, e que o jornal pode ajudar a desvendar...

Gina se levantou e foi diretamente em direção ao garoto.

Quais eram as intenções dela?

— Não posso acreditar, ela vai fazer outra vez! — Mia disse, de forma brava. — Com certeza, ela vai ler o bilhete... Alguém deveria impedi-la...

Antes de eu poder reagir, algo SURPREENDENTE aconteceu. Gina tentou chegar perto do garoto, mas se chocou com uma barreira invisível, e não conseguiu. Perdeu o equilíbrio e caiu em cima de uma pobre aluna que carregava sua bandeja até uma das mesas. As duas ficaram cheias de todo o tipo de comida. Gina, coberta de arroz, e a outra aluna com várias asinhas de frango enroladas no cabelo.

Todos os alunos começaram a gargalhar e a tirar fotos com os celulares. Inclusive, Mia riu e disse:

— Hahaha, olhem só, desta vez a Gina é a notícia do dia. Isto é o que acontece quando alguém mete o nariz onde não é chamado...

Mas, a forma como ela caiu no chão foi muito esquisita... Cada vez, eu estava mais segura de que ali acontecia algo estranho...

Então, vi outra tentativa frustrada do garoto, ao tentar mandar o bilhete. Sem dúvida, "algo" o impedia: a mesma barreira invisível que havia feito Gina tropeçar.

Me levantei para ver o que estava acontecendo, quando Mia me disse:

— Aonde você vai?

— Ãããã... vou pegar outra sobremesa...

— Outra?

— Mmm... Sim... bem... é que nas quartas sempre como três sobremesas...

E fui correndo ao carrinho de sorvetes. Precisava de uma boa perspectiva para ver bem o que estava acontecendo. Me agachei e comecei a observar a cena à distância. Notava crescer uma misteriosa energia, algo nada bom...

O bilhete do garoto parecia colidir com uma barreira invisível, cada vez que ele tentava jogá-lo na bandeja de sua colega. Estando tão perto, era inexplicável que não chegasse lá. E o pior é que eu notei que ambos tinham um IA-Nível 7, um pelo outro! Um fracasso desses, poderia ser fatal!

Antes que ele desistisse (parecia estar cada vez mais frustrado com sua pouca destreza), eu convoquei um Suspiro do Amor...

O problema foi que o bilhete saiu disparado e acabou entrando no olho da pobre garota, que, pensando que ele tivesse feito isso de propósito, deu uma bofetada nele tão forte que quase o derrubou da cadeira...

Que desastre!

E, ainda por cima, não me livrei das piadas do Jim, que me descobriu escondida atrás do carrinho de sorvetes, e começou a gritar:

— Ei, vejam, a novata está sorveteando os devorados! Quero dizer, ela está devorando os sorvetes!

Que vergonha!

O bom é que a Mia lhe disse que me deixasse em paz e me tirou do refeitório.

— Não liga, ele sempre faz isso. É um autêntico chato, e, também quando fala, não há quem o entenda. De verdade, não sei como o Max o aguenta...

Mia me falava de Max. Após o desastre acontecido no refeitório, quem sabe eu ainda poderia ajudar a aumentar o IA entre ambos.

— É que o Max é muito boa pessoa... e, além disso, é um dos mais bonitos da sala, né?

Quando eu disse isso, as bochechas de Mia ficaram vermelhas como um tomate.

— Bem, é sim. Eu o conheço desde pequena e ele sempre foi um dos meus melhores amigos.

— Mmmm... são só amigos?

— Sim, sim, claro... por que, você está a fim dele?

— Nãooo, claro que não! Mas acho que vocês fazem um bonito casal e pensei que...

— Não... Ninguém sabe, mas eu gosto do Max faz anos...

— E por que você não conta para ele?

— NÃÃO! Que vergonha! Além do mais, com certeza ele nunca olhou para mim desta forma...

— Eu duvido muito...

— O que quer dizer?

— É que, de onde eu venho, quando alguém é tão cuidadoso como o Max é contigo, e te olha diferente, só pode significar uma coisa: ele está caidinho por você.

— Você acha? — perguntou Mia, com um sorriso nervoso.

— Se você quiser um conselho, acho que deveria convidar ele para sair. Ele parece ser bem reservado, mas se você tomar a iniciativa...

— Ai, não sei não...

Neste momento, o sinal tocou. Mia prometeu pensar no assunto. Vamos ver se pelo menos consigo que ela tenha coragem de convidar Max para sair...

Seria fantástico formar um primeiro casal no instituto!

Até amanhã!

> Dia terrestre: 16 de outubro, 20:30 horas
> Calendário celestial:
> 3ª era do milênio lunar

Descobri outra coisa. Na hora da saída, em vez de ir embora, fiquei no instituto e me tranquei no banheiro para poder concentrar minha energia e rastrear alguma possível interferência...

Oh, Estrelas Protetoras, potencializem meus sentidos para detectar aqueles que vão contra o Amor!

Neste momento, tive um calafrio... senti que alguém estava fazendo um feitiço poderoso... mas, por quê?

Com os sentidos abertos, atrás da invocação, desci até o ginásio rapidamente. Atravessei a quadra de voleibol e parei no quarto onde se guarda o material esportivo. Ali, vi algo terrível: alguém havia deixado uns papéis queimando em um cesto. Quem poderia ser tão insensato?

Depois de apagar o fogo com o **Poder das Lágrimas do Santuário das Nuvens Altas** (sempre levo à mão um frasco, caso precise), consegui resgatar um papelzinho das cinzas.

Eu gelei, aqueles não eram uns papéis quaisquer:

ALGUÉM ESTAVA QUEIMANDO DECLARAÇÕES DE AMOR!

Que travessura horrível! Brincar com os sentimentos dos apaixonados é imperdoável! Quem poderia ser tão malvado para fazer algo assim?

Enquanto buscava respostas, escutei uma risada irônica e uma presença invisível me paralisou, me agarrando pelas costas. Não podia me mover, estava sob um feitiço... mas de quem?

Não conseguia detectar nem a procedência nem o tipo de **Feitiço Paralisante** no qual havia ficado presa, e, além disso, **não podia me transformar!**

Então, escutei uma voz que dizia:

— Nossa, que peste esse Anjo... Pelo jeito, os Daí De Cima não se cansam de enviá-los... Que chatos! Além disso, você é muito jovem para tentar me deter... Vá embora agora ou irá acabar como o resto dos anjos que cruzaram comigo na Terra: sem uma só pena nas asas! Mmm... Pelo menos, você é bem bonitinha...

De repente, ele me soltou e disse:

— Me pegue se puder! Hahaha...

— Se você é tão valente, apareça, seu covarde! — eu gritei.

Com uma risada maléfica, me respondeu enquanto se distanciava:

— Tudo a seu tempo... Não queira encontrar seu fim, tão rápido...

Pronunciou umas palavras desconhecidas e, de repente, todas as bolas que estavam guardadas no quarto do ginásio começaram a cair em cima de mim... Mais de vinte bolas foram batendo na minha cabeça, uma atrás da outra, sem que eu pudesse evitar...

Pof, pof, pof, pof, pof...

Aiiii, que dor! Com certeza irá aparecer uma porção de galos em minha cabeça...!

Tentei ir atrás dele, mas não havia nem rastro, de modo que decidi voltar ao dormitório...

Vou precisar de uma bolsa de gelo, pois todo o meu corpo está doendo... Estou muito nervosa!

MAS QUEM, DIABOS, ME ATACOU?!

Enfim, vou descansar e ver se me acalmo um pouco...

Até logo!

> Dia terrestre: 17 de outubro, 03:00 horas
> Calendário celestial:
> 3ª era do milênio lunar

Depois do que aconteceu ontem, não consigo dormir. Estou rabiscando meu caderno, durante toda a madrugada, tentando obter alguma pista de quem está por trás de tudo isso, mesmo que, por agora, tenha pouco em que me basear para descobri-lo:

• Sabe usar Magia e Feitiços, como notei no primeiro dia no refeitório.

• Sabe camuflar seu rastro de energia quase perfeitamente...

• Pode ser que tenha uma identidade secreta, como eu... Será que é um dos alunos do instituto?

• E parece estar aqui somente para impedir que aconteça o Primeiro Amor... Muito bonito isso, hein! Ai, que ser miserável!

Seja quem for, é melhor que grave meu nome, porque sou um Anjo da Ordem do Cupido e só tenho um objetivo:

Devolver o Amor aos Jovens Corações!

Dia terrestre: 17 de outubro, 04:00 horas

Calendário celestial:

3ª era do milênio lunar

NÃO FOI CULPA MINHA!

Quando estava caindo no sono, alguma coisa bateu em minha cabeça, justo onde me saiu um galo...

Era uma bola pequena, de plástico, que trazia consigo um bilhete:

Querida companheira novata,

Escutei que você praticou esportes com bola, então te envio uma pequena lembrança daqui, deste precioso e tranquilo balneário. Não quero te pressionar, porém, pelo tempo que você já tem como Anjo em Treinamento, eu já teria resolvido pelo menos três missões como essa... Mas, fique tranquila, pequena; resumindo, só se trata do sofrimento dos pobres corações humanos, enquanto VOCÊ não fez absolutamente nada...

Sempre pensando em você e nos seus "pequenos" fracassos,
Joel

P.S.: Segue um curativo mágico, para que esse galo não se sinta bem demais em sua linda cabecinha.

Que vontade de chorar que eu senti!

Não é justo, será que ele não entende que estou me esforçando ao máximo? Ele não me dá trégua e sempre tira um sarro de mim...! Mas ele não conseguirá me derrubar! Acabarei esta missão o mais rápido possível e vou mostrar o quanto ele está enganado!

Bem, vou dormir!

> Dia terrestre: 17 de outubro, 08:30 horas
> Calendário celestial:
> 3ª era do milênio lunar

Esta manhã, a caminho do instituto, fiz um novo amiguinho. Me senti como uma autêntica heroína, ainda que, por pouco, eu quase não tenha conseguido contar isto para vocês!

Como estava com tempo, eu decidi atravessar o jardim botânico que tem perto do instituto (tem umas flores lindas lá!), e então o vi.

Em uma árvore, em cima de um galho, havia um gatinho preto fofo que não parava de miar. Estava indefeso e assustado, e era tão bonitinho, que corri para ajudá-lo a descer.

Deixei minha bolsa de lado e comecei a escalar os primeiros galhos.

— Gatinho, gatinho, não se mova que já estou chegando.

Ele deve ter se assustado quando me viu, porque, quando eu estava a ponto de pegá-lo, saltou para um galho mais alto.

— **Nãooo! Espere! Não suba mais!** Não vou te machucar, só quero te ajudar...

Mas, em vez de se acalmar, o pelo dele arrepiou e ele começou a subir mais rápido. **Se continuasse assim, acabaria caindo!**

Quando o gato chegou ao galho mais alto, eu saltei para pegá-lo antes que ele caísse. Mas, QUE MEDO! Não me dei conta de que era muito fino para poder aguentar o impulso do meu salto. Ele se partiu e comecei a cair, quicando em todos os galhos como se fosse uma bola de borracha, até aterrissar de bruços no solo.

Me doía tudo e tinha arranhões por todas as partes... Para minha surpresa, quando consegui me levantar, vi o gatinho descer tranquilamente, saltando de galho em galho. Já não miava mais e parecia muito seguro de si mesmo.

Como ele conseguiu descer da árvore tão tranquilamente?

O gatinho veio correndo e me observou com seus olhos brilhantes:

— Amiguinho, me alegro que esteja bem.

Depois de me certificar que não tinha humanos por perto, transformei minha roupa, que estava em pedaços, em uma nova.

— Shhhh! Guarde meu segredo, pequena bola de pelo. Agora, vai para tua casa e **não volte a subir tão alto ou você pode cair!**

Saí correndo para o instituto, porque já estava tarde. Foi engraçado... eu chamando a atenção do gatinho para que ele não subisse tão alto, quando quem se machucou fui eu. Pelo menos, **ele estava bem!**

Bye, bye!

Dia terrestre: 17 de outubro, 19:00 horas
Calendário celestial:
3ª era do milênio lunar

A verdade é que hoje não notei nenhum rastro daquela presença estranha. Mais do que isso, acho que ontem, quem sabe, tenha se assustado um pouco, porque hoje duas pessoas do meu grupo combinaram seu primeiro encontro, amanhã, no Festival Esportivo. Sim, Mia e Max! Não é muito legal?

Ao terminar sua última aula, Mia veio com um grande sorriso no rosto. Se pendurou no meu braço e me disse:

— Antes que a Gina venha e queira fazer disso uma reportagem, eu queria te agradecer. Você tinha razão!

Eu perguntei ao Max se ele queria combinar algo depois do festival de amanhã e ele me respondeu que sim!

— Viu como valeu a pena tentar? — repliquei, entusiasmada — Se a gente quer algo, é preciso sempre arriscar! Além disso, acho que vocês formam um lindo casal.

Os olhos dela se iluminaram, e ela me perguntou, envergonhada:

— Você acha, mesmo? Espero que dê tudo certo!

Sem pensar, eu respondi:

— Fique tranquila, eu vou cuidar de você!

— Você é um amor, Estela. Obrigada por se preocupar comigo.

Ela me abraçou e foi embora, supercontente.

Mas é claro que vou proteger ela e o Max! Não permitirei que nada nem ninguém se meta entre eles!

Saí para o corredor e alguém gritou meu nome. Era Jim. Chegou perto e me deu um sopapo com um caderno.

— Ei, novata, mesou isso em cima da deixa... ou melhor... quero dizer... você deixou isso em cima da mesa

Como você iria fazer os deveres de casa, para segunda-feira?

Fiquei com um pouco de vergonha e tirei o caderno das mãos dele:

— Que distraída! Obrigada, Jim.

— Tome cuidado, porque, quem sabe, da próxima vez eu não te devolva... Mas hoje, me genero sentidoso... quero dizer, me sinto generoso...

Então, Ross apareceu e me livrou de Jim, me puxando de canto.

— Que faria a nova aluna sem mim?

— Obrigada, Ross. Jim estava me torturando...

— De nada. A propósito, sabia que quando você sorri parece com um anjo?

— Hahaha... Mas que bobagem você disse...!

— Estela, o que aconteceu em sua cabeça?! Que curativo mais interessante! Nunca tinha visto um assim.

O curativo que o Joel me enviou!
Tinha me esquecido de tirar!

Antes que eu pudesse esconder com a mão, Ross o tocou, curioso.

— Está doendo?

— Não, não se preocupe, não foi nada... Eu dei uma pancada, sem querer...

— Uma pancada? Parece que você tomou vinte! E é óbvio que eu me preocupo, você é minha companheira de grupo...

Que rapaz mais simpático!

E também tem um sorriso tão doce... Eu notei como ele me deixava rosada... Mas, no que eu estava pensando?

Ufaaa... Por sorte, eu não precisei responder nada. De longe, Max o chamou e Ross me despenteou, com suavidade, antes de sair correndo. Ele parou na metade do corredor e gritou:

— Eu competirei amanhã! Venha me ver, será divertido!

Concordei com a cabeça, sem poder tirar um sorriso dos lábios. Não sei o que me aconteceu... Deve ser a emoção desta primeira missão, mas, em alguns momentos, meu coração bate mais rápido do que o normal...

Amanhã irei ao Festival, para ficar de olho, caso aconteça algum contratempo. E vou tentar fazer com que Max e Mia tenham coragem suficiente para irem ao cinema juntos. Aproveitando, se der tempo, vou torcer para a equipe de Ross. Mas, antes, preciso preparar meu PLANO PRIMEIRO ENCONTRO para amanhã.

Beijos!

> Dia terrestre: 17 de outubro, 23:00 horas
> Calendário celestial:
> 3ª era do milênio lunar

Tive uma VISITA INESPERADA! Estava quase indo dormir quando escutei uns barulhinhos na janela. Sabe quem era? O GATINHO desta manhã! Que foooofo!

Abri a janela e o deixei entrar. Este gato é um fanático por altura! Meu quarto fica no quinto andar. Como ele subiu?

— O que você faz por aqui? Está sozinho?

O gatinho começou a miar, como se tivesse se lamentando.

— Tudo bem, pode ficar comigo. Vou te chamar de **Bolinha de Pelo**. Você gosta?

Se não fosse um gato, juraria que ele tivesse concordado. Enquanto eu estiver na Terra, vou cuidar dele e, depois, vou procurar um lar para ele.

— Vem, estou muito cansada, vamos dormir.

E, como se tivesse me entendido, acomodou-se em minha cama. Pelo menos vou ter um amiguinho, e alguém para quem contar meus segredos.

Boa noite!

Dia terrestre: 18 de outubro, 10:15 horas
Calendário celestial:
3ª era do milênio lunar

Hoje eu acordei cedo para ir buscar comida para **meu novo amiguinho**. Depois de tomar banho, fiquei louca procurando minha escova de cabelo, sem sucesso.

Não entendo... ela estava na penteadeira, ao lado do meu **Perfume Celestial**. Talvez eu a tenha esquecido na aula de ginástica, mas jurava que ontem à noite ela estava aqui.

Sem fazer barulho, porque o gatinho ainda dormia, escapei para ir ao supermercado.

Quando voltei, o encontrei me esperando na porta. Em seguida, se esfregou nas minhas pernas.

Ele é tão macio! Devorou a comida rapidamente! Coitadinho, devia estar com fome!

Enquanto ele comia, continuei procurando a escova, mas nada. Menos mal que eu comprei outra para mim no supermercado; vou precisar ter mais cuidado.

Vou fazer meus deveres de casa, agora que o Bolinha de Pelo foi dormir.

Até logo!

Dia terrestre: 18 de outubro, 18:00 horas

Calendário celestial:

3ª era do milênio lunar

Já descobri quem está por trás de tudo isso!

Porém, ainda não sei a intensidade nem que poder tem, nem onde se esconde ou sua aparência... Mas, sei O QUE É.

Tudo aconteceu durante o Festival Esportivo. Você já sabe que procurei ajudar que Max e Mia pudessem ter seu primeiro encontro. De maneira que, nessa tarde, como as provas de esporte aconteceriam na pista de atletismo, me vesti para a ocasião.

Que tal? A roupa de animadora de torcida que a Gina me emprestou é supermoderna, não é?

Assisti a várias competições. Na verdade, tinha tanta gente que me custou um bom tempo para encontrar a Mia e a Gina, que estavam na arquibancada, fazendo torcida pela equipe feminina de futebol.

Mia me disse, em voz baixa, que estava muito nervosa e havia combinado com Max na porta do instituto, depois que as competições acabassem. Eu prometi que me responsabilizaria pela Gina, de forma que ela deixasse eles sozinhos.

Mas, minha preocupação não era com a Gina, exatamente. O IA de Max e Mia beirava quase 9, e isso era como um alarme para qualquer um que quisesse se meter no caminho do Amor. Então, decidi ficar de olho caso acontecesse algo.

Escapei da arquibancada e entrei sigilosamente no instituto. Subi no terraço e comecei a rastrear uma possível fonte de energia com meu **Medidor Celestial de Energia**. Vejam, é este aqui.

Sim, por mais que pareça uma caneta, ele é um aparelho muito útil. Quando detecta uma fonte de energia, diferente da humana, começa a brilhar.

Fui direcionando o Medidor na direção do pátio, das salas, do refeitório, do ginásio, dos escritórios, e nada...

Mas, de repente, notei algo: um cheiro leve de queimado que vinha da biblioteca. Neste instante, o Medidor começou a brilhar levemente.

Ao chegar lá, abri as portas com cuidado, e o Medidor foi aumentando sua intensidade, a cada passo que eu dava. Assim que entrei, vi FOGO! Mas não um fogo qualquer, eram FOGOS DE ENXOFRE, imperceptíveis ao olho humano, mas muito destrutivos se acertarem em algum lugar.

Esses fogos são usados para invocar uma criatura do submundo! UM ANJO DO MAL! Puxa... minha primeira missão e já devo enfrentar um demônio!

Mas, eu nem pensava em me assustar. Depois de comprovar que não havia humanos por perto, bloqueei as portas e me transformei.

"TRANSFORMAÇÃO ATRAVÉS DA FORÇA DO AMOR"

Mesmo que não pudesse sentir sua energia, percebia que a criatura estava ali:

— Anjo do Mal, sai de onde se escondeu, não te machucarei, mas deve abandonar o instituto ou irei te castigar!

Então, o fogo cresceu e uma alta risada ecoou:

— Parece mentira o quão fácil é te atrair até mim. Que ingênua! Você acreditava mesmo que iria me impedir de arruinar o encontro desses dois humanos...? Só me serviram de isca para te atrair... — e acrescentou: — Fogos de Enxofre, atacar!

As chamas começaram a me rodear! O que ele pretendia!? Queimar minhas preciosas asas!?
Que cruel!

Instintivamente, invoquei um Feitiço do Amor para detê-lo:

MAREMOTO EM AÇÃO!

Apareceram redemoinhos de água, que conseguiram diminuir o fogo!

Mas, neste momento, algo se moveu na biblioteca e me lançou uma Poderosa Chama Eterna que foi se estreitando cada vez mais ao meu redor...

Quando eu não podia estar em pior situação, distingui, na penumbra, a sombra de umas asas diabólicas.

— Estava com tédio, mas você, Anjo Estagiário, conseguiu me animar... Snif, snif... sinto pena de você! Vai perder suas plumas, como se fosse um frango assado... Pode recolher suas penas, sozinha, se puder... Pois não quero chegar tarde ao encontro de seus amiguinhos...

— Nem se atreva!

Eu não conseguia entender o que estava acontecendo. Era como se o feitiço tivesse sido formulado especificamente para mim... Como ele poderia direcioná-lo tão bem?

Cada vez que eu tentava me mover de lugar, a chama chegava ainda mais perto de mim; parecia que não havia escapatória e, ao me mexer, eu só conseguia piorar a situação!

Lancei outro ataque:

SUPERTEMPESTADE PODEROSA!

Estava tão confusa que não controlei meu ataque e, de repente, um tremor sacudiu a biblioteca fazendo cair alguns livros. A grande tempestade fez o anjo do mal escapar e apagou o fogo, mas também começou a inundar o lugar todo, fazendo soar o ALARME.

Por sorte, consegui arrumar o desastre com um feitiço para secar tudo...

Mas, claro, tive de sair correndo porque escutei as vozes dos professores, que chegavam perto para ver o que tinha acontecido...

De modo que meu **Primeiro Plano de Ação do Amor** não havia saído como eu esperava...

No entanto, assim que cheguei ao pátio, vi Max e Mia se distanciando e rindo, então, pelo menos, impedi que esse infeliz tenha se metido entre eles.

Quando eu pegar esse Aprendiz de Demônio, ele nunca mais vai voltar a me chamar de Anjo Estagiário...

Eu garanto a vocês!

Dia terrestre: 18 de outubro, 22:00 horas
Calendário celestial:
3ª era do milênio lunar

Tinham pensado que o Joel se esqueceria de mim?

ERRADO! Quando cheguei ao meu quarto, encontrei um bilhete do meu "encantador" companheiro ausente.

Querida Estela:

Te mando esta pomada porque, enquanto estava em uma sessão de massagens para relaxar minhas cansadas asas, percebi um leve cheiro de queimado...

Qual foi minha surpresa quando descobri que minha companheira em treinamento chegou ao ponto de quase perder suas novas asas por causa de uns insignificantes Fogos de Enxofre. Que pena! Isso te haveria feito entrar no livro das Calamidades Celestiais... De agora em diante, cuide delas um pouco mais, porque foi tão difícil para você consegui-las, que seria uma pena perdê-las.

Seu querido tutor companheiro, que sempre se preocupa com você,

Joel

P.S.: Com certeza, parece que você vai formar um EEDE (Equipe Especial para Desastres da Estela)... Hahaha! Sabe, sempre dá tempo de ser minha secretária. Te trataria muito bem. Pense nisto.

Nem pensar em chamá-lo!
Seria humilhante!
Prefiro perder até a minha última pluma, do que ter que pedir ajuda a ele...!

Ai, ai... como me doem as asas! Vou colocar um pouco de pomada, porque a ponta de uma peninha se queimou... Buáá, buáá (mas, por favor, não digam isso ao Joel). U_U

Um abraço.

Dia terrestre: 19 de outubro, 22:00 horas
Calendário celestial:
3ª era do milênio lunar

Passei uma ÓTIMA tarde e pude me esquecer um pouco sobre o tumulto de ontem... mas ainda não sei se poderei fazer o mesmo com o que eu criei hoje...!

Saí com Mia e Gina e fui ao cinema: nunca tinha ido a um cinema terrestre e acredito que fiz o maior papel de tonta da história...! Sorte que, pelo menos, as meninas não se deram conta!

Após passar a manhã brincando com Bolinha de Pelo, recebi um telefonema de Mia, que me contou que ontem foi tudo otimamente bem com Max, e que se as coisas seguissem assim, logo confessaria a ele seus sentimentos. **Isso é fantástico!** Mas eu precisava estar alerta para evitar que esse demônio se intrometesse entre eles...

Gina nos encontrou às seis horas e, depois de tomarmos um sorvete, fomos ao cinema. **Uaaauuu! Era imenso!** Escolhemos um filme de dinossauros. Ao entrar, nos deram uns óculos muito estranhos.

— E o que eu faço com isso? sussurrei, já dentro da sala.

— Coloque-os — respondeu Gina, surpresa. — Por acaso eles não existem em seu país?

— Hummm... Não, não temos...

— Coloque os óculos, mas não se assuste demais — ela brincou.

Obedeci e me concentrei em meu enorme saco de pipocas. E, então, aconteceu...

Haviam passado cinco minutos de filme **quando os dinossauros nos ATACARAM! Não sei como isso ocorreu!**

ACHAVA QUE ELES ESTAVAM EXTINTOS!

Um tiranossauro saiu rugindo da tela, direto em nossa direção. As pessoas começaram a gritar. Não podia permitir que algo acontecesse às minhas amigas, então eu atuei. Enquanto as pipocas caíam, gritei:

CONGELAR O TEMPO, AGORA!

O tempo parou e me coloquei disposta a atacar.

— Malvado anjo do mal, com certeza isto é obra sua, mas não deixarei que amedronte os humanos!

Então, observei algo estranho... Não só o tempo havia parado na sala, mas os dinossauros haviam ficado petrificados também.

Assustada, me lancei contra eles para detê-los... e os atravessei e parei de bruços na tela!

Como era possível?

Eu tirei os óculos estranhos para ver melhor a situação e ocorreu algo ainda mais estranho! Eles desapareceram da sala e voltaram à tela... Eu estava completamente atordoada...

De repente, uma bola de papel bateu em minha nuca:

Querido anjo desastrado,

Se possível, e antes de receber uma advertência da Ordem do Tempo, volte a restabelecê-lo. Para sua informação, você está em um filme 3D, de três dimensões... Nada é real, tudo é efeito dos óculos que te deram ao entrar. Se o filme te assusta tanto, sai da sala, mas pare de fazer tolices para chamar minha atenção.

Seu querido e paciente companheiro,

Joel

P.S.: Se você sente a minha falta, venha me ver e desfrutaremos um refresco juntos, ao entardecer.

Não era real? Que invenção estranha!

Alucinada, voltei ao meu assento, recuperei o saco de pipocas, que estava vazio, e, estalando os dedos, voltei a reestabelecer o tempo. As pessoas continuaram gritando durante toda a projeção.

Ao sair do cinema, as meninas estavam entusiasmadas:

— Você gostou do filme? — Gina me perguntou.

— Sim... bem... foi legal.

— Espero que não tenha se assustado demais com o 3D.

— É... me assustei um pouco, sim, hahaha...

— Mas você não perdeu o apetite, pois acabou com toda a pipoca...

— Sim, mas ainda estou com fome... — afinal, as pipocas acabaram no chão. — Vamos comer alguma coisa? Eu convido vocês.

— Caramba, Estela, não sei como consegue comer tanto e ser tão magra! Às quartas, três sobremesas, e aos domingos, lanche e superjantar.... hahaha — brincou Mia.

Parece que estou destinada a causar desastres. Mas faço tudo com boas intenções...

Espero me acostumar logo à vida humana e não me confundir mais!

Nos veremos em breve!

> Dia terrestre: 20 de outubro, 20:00 horas
>
> Calendário celestial:
>
> 3ª era do milênio lunar

Isso é um desastre! O demônio me descobriu! Apesar de todo o meu esforço em disfarçar minha energia...!

Hoje, na hora do intervalo, Jim chegou perto de mim:

— Ei, carta, esta novata é para você.... ehhh... quer dizer... bem, você já me entendeu...

Me entregou um envelope vermelho e desapareceu. Antes de abri-lo, já fiquei nervosa, porque o Medidor Celestial de Energia começou a brilhar... Abri o envelope e encontrei um bilhete:

Estela Star, aliás, Anjo Estagiário:

Neste instituto não há lugar para nós dois, mas, como você é bastante bonita para ser um anjo, farei uma exceção contigo.

Quer saber algo divertido? Acontece que justo agora, quando estava a ponto de voltar a baixar para meu mundo (digamos que este instituto não é nada emocionante), você apareceu. Se prepare, porque vou atrás de você. Ah, fique esperta e não perca de vista seu casal de amiguinhos, Max e Mia, na excursão ao Zoológico; tenho a intenção de roubar o primeiro beijo de amor de Mia... Nada poderá me deter! Hahahahaha!

O Príncipe do Submundo

ROUBAR O PRIMEIRO BEIJO DA MIA? QUEM ESTE TIPO ACHA QUE É?

Enquanto eu estiver aqui, ele jamais vai conseguir!

Como se não me bastassem os bilhetes de Joel, só me faltavam os seus...!
Quando eu te pegar, vou te prender na Torre mais Fria de Nuvens Altas, e você se arrependerá de tudo o que me disse!

Saí em disparada atrás de Jim e corri tão rápido que, ao dobrar a esquina, me choquei com ele e com Ross e os derrubei ao chão...

Jim gritou:

— Coloque óculos, zarolha! Para ver se anda por onde enxerga...!

— Eu... me desculpe, de verdade... — respondi, envergonhada.

— Raios e cobras! Quer dizer... Sapos e faíscas...! Ande com cuidado, garota atrapalhada, ou se arrependerá de voltar a cruzar o meu caminho!

Eu não gostei nem um pouco do que tinha acabado de acontecer. Jim estava me ameaçando... Na realidade, foi ele quem me entregou o envelope... Poderia ser uma manobra de distração... **Não seria ele o anjo do mal?** Teria que vigiá-lo de perto... Então, perguntei:

— Jim, quem te entregou este envelope?

— Foi a Gina, enquanto escadávamos uma descida... quer dizer... descíamos a escada.

— Pare de falar besteiras, Jim. Você se machucou, Estela? — perguntou Ross, me estendendo a mão.

Ele piscou para mim e me ajudou a levantar. Saí correndo, sem dar tempo de ele ver como fiquei corada...

Entrei na sala e vi a Gina, que estava acabando o dever de casa.

— Gina, quem te deu este bilhete? Você o conhece? É alguém do instituto?

Como é repórter, em vez de me responder, começou a me interrogar:

— Não me diga que você recebeu uma declaração! Faz tanto tempo que não escuto uma fofoca amorosa...

— Nãooooooo! Não é isso. É que tenho que devolver algo para essa pessoa e não me recordo de seu nome...

— Sinto muito, Estela, mas não entendo... Normalmente, tenho facilidade para recordar o rosto das pessoas, mas é como se alguém tivesse apagado da minha mente... é estranho, **mas é verdade!**

Disse a ela que não se preocupasse, e me sentei em minha carteira para assistir à aula.

Estou encrencada... se esse demônio é capaz de manipular a memória, é porque tem muito poder... E, ainda por cima, fui ingênua ao deixá-lo me ver no ginásio e de me transformar na frente dele na biblioteca...

Que besteira!

Esta noite, irei preparar um plano para evitar que algo de ruim aconteça no Zoológico. Só me restam poucas horas para fazer isso!

E não, não penso em pedir ajuda a Joel...

Até daqui a pouco!

Dia terrestre: 20 de outubro, 23:00 horas

Calendário celestial:

3ª era do milênio lunar

ATENÇÃO! Tenho um PLANO INFALÍVEL.

Simmm! Fiz uma lista de coisas imprescindíveis para a excursão ao Zoológico Municipal. O plano se chama:

PRIMEIRO BEIJO À PROVA DE ROUBO

E, para isso, necessito:

1. Essência do PRIMEIRO AMOR. Hummmm... para anjos e humanos, o aroma

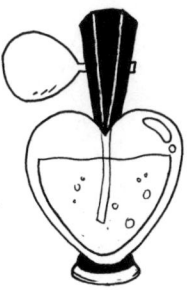

é delicioso, mas anjos do mal o odeiam. São alérgicos, e, se chegam muito perto, têm coceira por todo o corpo.

2.. Brilho Labial STOP KISS. Vejam, não parece um batom normal? Mas não é... é um repelente de beijos. Se alguém chegar perto da Mia, com a intenção de lhe dar um beijo que não seja de amor verdadeiro, ficará petrificado como se fosse uma estátua.

3. Correntes LOWENERGY. Para prender um anjo do mal, evitando que ele possa se soltar. Totalmente eficazes, conseguem baixar a energia maléfica a níveis muito baixos.

E o mais importante de tudo é não me afastar, em momento algum, de Mia!

Vamos atrás desse demônio!

Dia terrestre: 21 de outubro, 7:00 horas
Calendário celestial:
3ª era do milênio lunar

Hoje eu acordei e o **Bolinha de Pelo havia sumido!** A janela estava entreaberta. Não me lembro se eu havia deixado ela fechada antes de dormir... **Talvez, não...** Procurei em todos os cantos e **NADA!**

Além de ter perdido meu gato fofinho, também não encontrei meu **Emblema do Amor, o qual eu gosto muito!** Hoje eu ia colocá-lo como amuleto, mas ele não estava em lugar algum... É a segunda coisa que perco em pouco tempo. **Que estranho!**

Enquanto me vestia, escutei um miado vindo da janela. **Menos mal!** Ao menos não tinha acontecido nada ao Bolinha de Pelo. Que susto! Tenho de ir, pois quero colocar em prática meu plano, o mais rápido possível.

Beijinhos!

> Dia terrestre: 21 de outubro, 19:00 horas
> Calendário celestial:
> 3ª era do milênio lunar

Fui a primeira a chegar no instituto e aproveitei para me inscrever no passeio e no ônibus que iria nos transportar.

Às nove da manhã, começaram a chegar todos os meus colegas. Mia e Gina vieram correndo e me abraçaram:

— Estela, vamos juntas à excursão!

— Que sonho! Nunca visitei um Zoológico — respondi.

Mia e Gina exclamaram juntas:

— Você nunca foi ao Zoológico?

— Não é possível... nem que você vivesse nas nuvens! — brincou Gina.

— Eu não iria achar estranho se descobrisse que você é uma extraterrestre... esquisitamente pessoa — disse o abominável Jim, que acabara de chegar. — Arghhh... que cheiro mais horrível! Seu ruim é muito perfume. Com certeza você não é deste planeta...

Jim havia sentido a **Essência do Primeiro Amor** e ele não havia gostado do cheiro... Se, praticamente, todos os humanos achavam muito agradável a colônia, **como era possível ele não gostar?**

— Jim, por favor, não comece — cortou Ross, que também acabara de chegar — Não ligue, Estela, eu adorei seu perfume.

Ross me ajudou a subir no ônibus. Me sentei no fundo, com as meninas, e aproveitei para realizar o primeiro passo do meu plano.

— Não entendo porque o Jim falou mal da minha colônia...

Mia respondeu:

— Ignore, ele sempre pega no pé dos novatos... Agora eles são amigos, mas, quando o Ross chegou, no fim do ano passado, ele também amolava o Ross. Me conte, você está usando uma nova colônia?

— Sim! Veja, é esta. E também tenho este brilho labial...

Gina, na mesma hora, quis experimentá-los, e os tirou das minhas mãos:

— Não se importa, certo?

— Claro que não!

De fato, me senti aliviada, pois seria ótimo conseguir proteger a Gina, também.

— Você também não quer experimentar, Mia?

— Eu posso? Tem um aroma tão delicado... e eu jamais havia visto um protetor labial tão brilhante, adorei! Quero saber onde você os comprou.

Perfeito! As duas já tinham a proteção ESTELAR... Agora só precisava vigiar a Mia.

O nosso grupo ficou de estudar os pinguins (são tão bonitiiiinhos). Enquanto Max, Mia e Jim procuravam informações para completar as fichas de trabalho, Ross ajudou a Gina e a mim a desenhá-los.

Ainda que Jim tivesse que copiar bastante informação para o trabalho, ele continuou me enchendo o tempo todo, se queixando do odor que a nossa colônia tinha, imitando como caminham os pinguins, grasnando e se fazendo de ridículo na frente dos outros. Grrrrr...

Depois de comer, tínhamos umas horas livres para visitar o Zoológico. E, então, TUDO aconteceu!

Gina me arrastou até a loja de lembrancinhas, e, confiante por conta de como tudo tinha corrido bem pela manhã, segui sem reclamar. Além disso, eu sabia que Mia estava com Max.

De repente, enquanto comprávamos um chaveiro, Max entrou SOZINHO na loja. Fiquei gelada. Como havia sido tão TONTA em confiar! Gina demorou tanto para decidir qual chaveiro queria, que perdi a noção do tempo...

Max me disse que Mia havia ido ao terrário, para ajudar o outro grupo a terminar o trabalho, e que já iria voltar.

Tive um mau pressentimento, então dei uma desculpa e saí correndo em busca de Mia.

Ao chegar, tudo estava tranquilo, mas algo não me parecia bem. Na porta do terrário, tinha um cartaz que anunciava: "ZONA TEMPORARIAMENTE FECHADA. DESCULPEM O INCÔMODO".

Entrei pela porta, que, estranhamente, estava aberta. Tudo se encontrava em silêncio. Passei correndo ao lado das vitrines, evitando olhar muito, pois estavam cheias de SERPENTES...

Ao fundo, vi um brilho e escutei um gemido muito fraco. MIA! Não podia mais esperar, e não detectava mais do que uma fraca presença humana; de modo que, sem pensar, me transformei:

"TRANSFORMAÇÃO ATRAVÉS DA FORÇA DO AMOR"

Mia estava apoiada contra uma parede, com uma enorme serpente entre seus pés!

Então, neste momento, na frente dela, apareceu esse maldito anjo do mal, com suas asas estendidas, tentando dar um BEIJO nela! E ele quase conseguiu!!

— Mia, você está bem? — gritei, da porta, angustiada.

Mia não respondia. Ela olhava, fixamente, para o anjo do mal, enquanto ele a abraçava, passando seus braços pela cintura dela. Mia estava hipnotizada...

— Não se atreva a tocá-la! — gritei.

Sem sequer se virar, ele me respondeu:

— Olhe e aprenda, enquanto assiste a um beijo de verdade. Mas não se preocupe, que sua vez também vai chegar...

Até parece!

TEMPESTADE ELÉTRICA, ATIVAR!

Lancei um ataque elétrico para que ele soltasse a Mia.

E eu consegui!

— Além de chegar atrasada, ainda quer estragar o clima, me fazendo cócegas, com seu ridículo ataque! Você e seus truquezinhos de **Anjo Estagiário**...! Essência do Primeiro Amor e Brilho Labial, onde você aprendeu isso? Em um livro infantil? Que previsível...! Você não sabe que Príncipes, como eu, são imunes?

Tive um trabalhão para idealizar meu plano, e, no fim, ele é IMUNE!
Será que ele é mesmo um PRÍNCIPE?

— Mas eu consegui impedir o seu BEIJO...! Não me subestime, principezinho... — respondi, sem covardia.

— E daí? Você é muito tola por acreditar que beijar esta mortal teria algum atrativo para mim! Era apenas um jogo... Argh, humanos são muito vulgares...

Então, ele estalou os dedos e Mia desabou no chão, e a serpente enroscou nela, rapidamente.

— Mas, afinal, o que você queria? — perguntei, furiosa.

— Você!

E se lançou sobre mim, me aprisionando contra a parede. Neste momento, eu vi a cara dele!

EU NÃO PODIA ACREDITAR!
NÃO PODIA SER ELE!

— ROSS! Exclamei, incrédula.

Ele sorriu maliciosamente e disse:

— Príncipe Roshier, se não se importa. Parece que é difícil para você se lembrar do meu título de nobreza. Você pode ser um anjo inexperiente e sem status, mas eu não sou... E, agora, pequena, ajoelhe-se perante a mim!

Então, liguei os pontos. Ele chegou ao instituto no fim do ano passado, justamente quando tudo começou...

— Pare de matutar tanto, que com certeza você desconfiou até de Jim, minha marionete para te encher... Bem, chega de conversa e vamos ao que viemos fazer.

— O que você quer de mim?

— Não ficou claro ainda? ROUBAR O BEIJO PURO DE UM ANJO...!

E então, tentou me paralisar, mas, antes que ele pudesse fazer isso, consegui colocar uma das **Correntes LOWENERGY** no pulso dele, e o afastei com um empurrão. Ele ficou furioso porque não podia se desfazer dela, e, neste momento, convocou **aracnídeos e répteis**:

— Aranhas, escorpiões e serpentes, me tragam esse anjo agora! EU, PRÍNCIPE ROSHIER, OS ORDENO!

As jaulas se abriram e dezenas de animais do terrário começaram a me cercar...

A pobre Mia estava no solo, imobilizada pela serpente gigante. Eu estava desconcertada com tantos bichos... mas Mia precisava de mim, então fiz o primeiro feitiço que me veio à cabeça:

MOVIMENTO DE ORFEU!

Peguei a Mia nos braços e a tirei dali, deixando Ross para trás, que ainda lutava para se livrar da corrente. E então, descobri com ESPANTO que tinha convocado o feitiço de um modo forte demais e, o pior, é que EU HAVIA ERRADO DE NOME!

Fiquei parada feito pedra diante da visão do que eu acabara de provocar. TODOS os animais do Zoológico haviam começado a cantar e dançar, enquan-

...to as pessoas, incrédulas e alucinadas, não paravam de tirar fotos e de gravar vídeos. Mas, **como pude me equivocar?**

Convoquei mal o feitiço, e, em vez de invocar MORFEU, disse...

ORFEU!
O Deus
da música e da dança!

Todo mundo estava extasiado diante da visão que provoquei.

Deixei a Mia, que seguia inconsciente, em um banco e agi rápido. Não podia fazer outra coisa, o mal já estava feito, então me concentrei de novo:

MOVIMENTO DE MORFEU!

E, instantaneamente, humanos e animais perderam os sentidos, entrando no mundo dos sonhos.

Caí no chão, esgotada. Apenas tinha forças para sair dali.

Mas, quando estava indo embora, recebi mais um bilhete...

Querida aspirante de coreógrafa da selva:

Bravo! Que espetáculo fantástico, parecia um musical! Que performance os animais fizeram! Elefantes dançando funk e girafas bailando salsa!

Impressionante! Depois, você foi sublime escolhendo o feitiço correto. Porém, foi um pouquinho além e fez a cidade inteira dormir.

Sempre cuidando de ti,

Joel

P.S.: Ah, e sobre a forma de acordá-los, não se preocupe... Para evitar maiores incidentes, enviarão novamente a Equipe Especial para Desastres da Estela, que resolverão TUDO! Então, volte ao ônibus e espere por seus colegas.

Desta vez, ele tinha toda a razão do mundo para me cutucar, **como eu pude ter me confundido?**

Ainda cambaleando, acordei Mia e voltamos ao ônibus. Pouco a pouco, todos os colegas foram subindo, como se nada tivesse acontecido. Mas faltava um aluno, ROSS! Quando perguntei à professora sobre ele, ela me olhou surpresa e respondeu:

— Como você é distraída, Estela, ele está doente e não veio hoje!

Assim acabou meu dia. Com um novo fracasso, e, o que é pior, passando VERGONHA por causa de ROSS. Grrrrrr... Ele vai me pagar!

Eu não entendo o que aconteceu no Zoológico hoje... foi como se eu fosse incapaz de me concentrar! Além disso, foi como se o Ross me conhecesse muito bem, e soubesse o que eu estava pensando em cada momento e pudesse antecipar cada um dos meus movimentos...

Isto só poderia ser explicado se ele tivesse algo meu, mas era impossível... Ou não era?

Neste momento, um pensamento passou pela minha mente. Me conectei ao **WikiAngel** e bingo! Encontrei o que eu buscava. Estava escrito na tela:

"Um dos perigos de se enfrentar um demônio poderoso, está no fato de ele possuir um objeto da pessoa angelical. Se isto acontecer, o demônio poderá sempre se antecipar e debilitar os ataques dos anjos."

E se foi ele quem me roubou a escova e o emblema? A janela estava aberta...

Peguei o **Bolinha de Pelo** em meus braços e disse:

— Gatinho, você tem uma missão muito importante. Vigie meu quarto enquanto eu não estiver. Tenho que caçar um demônio e preciso da sua ajuda!

Mesmo que eu tenha falhado hoje, consegui descobrir o segredo de Ross... Isto está apenas começando e nada vai me deter. Antes que eu acabe o trimestre, haverá mais um anjo do mal preso na **Torre mais Fria de Nuvens Altas**. Eu prometo!

Dia terrestre: 22 de outubro, 13:30 horas
Calendário celestial:
3ª era do milênio lunar

A GUERRA ESTÁ DECLARADA!

Estou escrevendo do corredor. O professor de matemática, superzangado, me expulsou da sala por culpa do Ross...! Que raivaaaaaaa! Grrrrr...

Hoje o professor, o senhor Harris, nos pediu que fôssemos fazer o dever de casa na lousa. O terceiro exercício ficou para mim. Era muito fácil: desenhar um triângulo e uns ângulos... Peguei o giz e, quando estava começando a traçar um dos lados, de repente escutei um maldito estalar dos dedos... e aconteceu tudo de RUIMMM...!

Minha mão começou a tremer e a se mover sem controle, desenhando algo que não entendia, mas que NADA tinha a ver com o exercício de matemática...

Quando me dei conta do resultado, tentei apagar a imagem rapidamente, antes que o professor a visse...

O senhor Harris estava anotando algo em seu caderno, mas minha mão continuava presa no giz, e não tinha nada por perto para cobrir o desenho.

Em poucos segundos, a classe inteira caiu na gargalhada, e Jim ainda piorou a situação quando gritou:

— Ei, professor! Olha o que a lousa desenhou na novata!

O senhor Harris virou sem saber o que estava acontecendo e VIU O DESENHO. O feitiço de ROSS me fez desenhar na lousa ISSO:

O ataque que o senhor Harris teve foi tremendo. E depois de me dar um sermão na frente de toda a sala, me mandou para o corredor... Affff!

Minha identidade na Terra manchada por esse
ABOMINÁVEL
e DESPREZÍVEL VERME
DO SUBMUNDO!

Cada vez estou mais segura de que Ross tem meus objetos em seu poder, e ainda mais depois de tudo o que me aconteceu...!
Preciso descobrir como é que ele os conseguiu.

Os deixo, pois tenho que ir para a aula seguinte.

Abraços.

Dia terrestre: 23 de outubro, 17:00 horas
Calendário celestial:
3ª era do milênio lunar

Hoje, no fim do dia, todo o instituto falava da minha "obra de arte". Se antes eu queria passar desapercebida, agora eu era uma estrela, mas não no bom sentido, porque todo mundo me considerava um pouco bagunceira...

Além disso, desde esta manhã, garotas e mais garotas entregavam cartas de amor a Ross, sem parar. Ele se tornou o garoto mais popular do instituto manipulando as alunas.

Não posso permitir que ele brinque com os corações delas!

Mas, não posso lutar contra ele, porque está sempre rodeado de gente...

O que eu posso fazer?

Hummm... Acho que consegui pensar em algo... Claro, já sei! Vou buscar os ingredientes para minha poção ADOLESCÊNCIA DIFÍCIL... Hehe... esse fantasma vai descobrir isso amanhã!

Dia terrestre: 24 de outubro, 07:00 horas

Calendário celestial:

3ª era do milênio lunar

Receita da poção ADOLESCÊNCIA DIFÍCIL:

Pingue algumas gotas de Raiz de Cacto, depois adicione Pó de Mico, Aroma de Gambá e, por fim, misture tudo com Baba de Caracol. Leve ao fogo lento, até ferver, e deixe repousar por cinco minutos até que adquira uma cor transparente.

Enquanto isso, irei preparar uns irresistíveis bolinhos, adicionando umas gotas dessa receita, decorando de forma muito bonita e **pronto!**

O melhor repelente caseiro que você já viu!

Deixarei esse bolinho na mesa, com um bilhete de amor... Com certeza, ele vai cair em cheio! Amanhã, ao fim do dia, ele estará pedindo CLEMÊNCIA, e, com sorte, pela noite terei voltado para casa...

Vamos nessa, Estela!

> Dia terrestre: 24 de outubro, 12:00 horas
> Calendário celestial:
> 3ª era do milênio lunar

Minha poção foi um sucesso! Gerou o efeito que eu queria: espinhas instantâneas em todo o rosto, hálito nojento, cabelo ensebado, e um cheiro no pé mais forte que o mais fedido dos queijos. Uma forma fácil e segura para que nenhuma admiradora chegasse perto dele durante alguns dias... A única coisa ruim é que...

Não foi a pessoa certa quem comeu o bolinho!

Assim que chegou na sala, Gina chamou o Ross:

— Ei, Ross, veja, parece que você tem uma nova admiradora! Uaaaaau! Te deixaram um bolinho! Venha, abra o envelope! É da nossa classe...

Ross se aproximou, se fazendo de bom garoto, e respondeu:

— Vou esperar para comê-lo na hora do lanche... De qualquer forma, não me parece delicado revelar o nome dessa garota...

— Nossa, você é um cavalheiro, Ross! Mmm... quem sabe eu deveria convidar você para sair...

— NÃOOOOOO! gritei.

Gina virou e me perguntou, piscando os olhos:

— Estava só brincando, Estela... Aiaiai, não está me escondendo algo?

— Não, claro que não...! Na verdade, falei isso porque... Ross precisa se concentrar em um projeto, muito, muito importante e comentou comigo que não teria tempo para garotas...

— Como você é desmancha-prazeres, Ross! — exclamou Gina, e saiu andando decepcionada.

— Muito bem... — disse Ross. — Percebi que você não quer que eu saia com a Gina... Então vai aceitar sair comigo?

— Claro que não!

Ele exalava um ar confiante, mas eu estava esperando minha vitória na hora do lanche...

Quando vi Ross voltar do recreio, sem uma só espinha, eu senti um cheiro muito ruim. Mas não era exatamente dele... Jim caminhava atrás, totalmente desfigurado!

— Caramba! Estão saindo caras por toda a minha espinha...! Esse bolinho estava envenenado!

A professora chegou para atender ele, correndo, porém se afastou rapidamente por conta do fedor...

Mandaram ele para a enfermaria, e de lá para casa, pensando que poderia ser algum tipo de alergia!

Eu devia ter previsto a possibilidade de outra pessoa querer comer o bolinho...

Dia terrestre: 25 de outubro, 20:00 horas

Calendário celestial:

3ª era do milênio lunar

Nesta manhã, como não tinha aula, me transformei em uma enfermeira e levei um remédio para a mãe do Jim, para que ele se cure logo...
Era o mínimo que eu podia fazer...

Estava tão preocupada com Jim, que saí na rua sem me transformar de volta em aluna.

Que distraída eu sou!

143

Então, uma garota saiu de um supermercado, gritando:

— Um médico, por favor, um médico! Ei...! Você...! Enfermeira! Tem uma emergência! Vem aqui, por favor!

Ai, por favor, não! Ela se referia a mim! APAVORADA, vi que ela me agarrava pelo braço e me arrastava para dentro do mercado.

— Não posso... é que eu ainda estou em treinamento...

— Não se preocupe, com certeza vai conseguir me ajudar. A senhora Marcy, uma idosa que só compra artigos em promoção, começou a encher seu carrinho com caixas e caixas de bolachas Chocochips. Só que ela resolveu começar pela base... então a prateleira tombou e o resultado foi este.

Quêêêêê?

A pobre vovozinha estava coberta por uma montanha de caixas e uma grande bolacha promocional, por cima de tudo. Somente se escutavam seus lamentos.

Depois de retirar os clientes do supermercado, a balconista, resignada, me disse:

— Sempre dizemos para ela a mesma coisa: que não pegue as caixas de baixo. Mas, não adianta, ela sempre faz isso... Na semana passada, caiu um atum gigante em cima dela, e, na anterior, ficou enroscada entre os tentáculos de um polvo inflável... Não tem jeito!

Com minha mágica, eu poderia tirar as caixas de cima da senhora, facilmente. Mas como fazer isso sem que a garota perceba...?

Tive uma ideia: precisava distraí-la!

— Por favor, pode ir buscar gaze e água oxigenada?

Quando ela saiu correndo, eu aproveitei para invocar um feitiço:

LEVITAÇÃO...!

Entretanto, em menos de dois segundos a garota tinha me trazido o que eu havia pedido.

— Tome, está aqui. Quer que eu te traga algo mais?

Ela estava sendo eficiente, além da conta... Eu precisava mantê-la distante, durante mais tempo, então pedi algo mais difícil de ela conseguir.

— Quero, sim... pode me trazer um colchão inflável, por favor?

Vamos ver se desta vez conseguirei distraí-la...! Ela saiu correndo e eu continuei o feitiço:

LEVITAÇÃO DE CAIXAS...!

Mas, de novo, antes de eu poder fazer qualquer coisa, a jovem já estava ao meu lado, com um sorriso e um colchonete rosa-choque debaixo do braço.

O que eu podia fazer? Estava claro que eu precisava pedir algo MUUUUITO mais difícil de conseguir...

— Ehhh... Ne... Necessito um triciclo e três bolas de tênis...!

Ela saiu correndo pelo corredor e eu tentei terminar o feitiço:

LEVITAÇÃO DE CAIXAS DE BOLACHAS...!

Todas as caixas se elevaram e a pobre vovó ficou liberada. Entretanto, ela não demonstrou reação. Estava imóvel, como em estado de choque.

Naquele instante, vi a balconista retornando, a toda velocidade, desde lá do fundo do mercado. Dirigia o triciclo com uma mão e fazia malabarismos com as bolas de tênis, enquanto dizia:

— Que sorte que neste supermercado temos de tudo!

— Ai, não! Ela iria me descobrir! Precisava improvisar algo, e rápido!

Peguei na mão da vovó, e, concentrando toda minha energia, sussurrei:

ALTA ENERGIZAÇÃO!

A vovó ficou de pé, em um salto. Pegou a bolacha gigante e a lançou contra uma prateleira, como se fosse um frisbee. Com uma risada enlouquecida, começou a recolher todas as caixas suspensas no ar, até encher por completo seu carrinho...

Então, chegou a garota do supermercado que parecia não entender nada.

A vovó se distanciou, batendo com o carrinho contra todas as prateleiras. Com os olhos todo brancos, gritava pelos corredores:

— Oferta! Leve 2 pague 1, oferta, oferta, leve 2 pague 1...! Hahahahaha!

Mas o que eu tinha feito? Havia criado um monstro!

Saí correndo, atrás dela, para tentar detê-la. Desesperada, lancei um último feitiço:

— Vovozinha, com paz e tranquilidade, volte à normalidade!

A senhora parou de repente, justo ao lado da caixa registradora. Colocou todas as caixas na esteira, e, como quem não quer nada, abriu seu porta-moedas e começou a tirar, uma a uma, todas as moedinhas que tinha. Então, se dirigindo à balconista, disse, com voz calma:

— Um momentinho, lindinha, deixa eu ver se consigo te dar o valor certinho...

No fim, consegui arrumar tudo!

Ninguém percebeu nada, e, pelo menos hoje, não será necessário a intervenção da Equipe Especial para Desastres da Estela...

Voltei para casa tão cansada, que acho que nesta noite não vou jantar... Doces sonhos para todos!

Dia terrestre: 26 de outubro, 20:30 horas

Calendário celestial:

3ª era do milênio lunar

Hoje foi um dia genial! Mia me chamou para fazermos compras juntas. Fomos ao centro comercial e, em seguida, me arrastou para uma loja de fantasias chamada Magikus Shop.

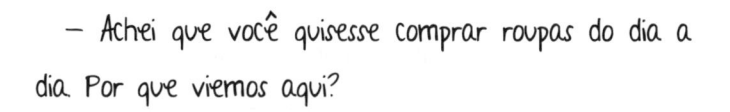

— Achei que você quisesse comprar roupas do dia a dia. Por que viemos aqui?

— Estela, por acaso você viu os cartazes colados no instituto? — Mia perguntou, surpresa.

— Que cartazes? Os da Festa de Halloween?

— Sim, não é emocionante? É uma das festas mais esperadas, porque normalmente você convida alguém no qual está interessado, para ser seu par no baile.

— Isto significa que você pediu ao Max para ser seu par?

— Foi ELE quem me convidou, **não é fantástico?** Ele me chamou ontem, e eu estava o tempo todo querendo te contar... Por isso quero sua ajuda para escolher uma fantasia bacana, para que Max me ache bonita...

— Mas você já é linda! Isso será fácil...

— Obrigada, Estela — respondeu Mia, me abraçando — Já imaginou se ele tentar me beijar?

— Não se preocupe, que já me encarreguei dele.

— Como assim? — Mia me perguntou rindo.

— Na... Nada, quis dizer que com certeza isso vai acontecer...

Eu iria garantir que ninguém impedisse esse momento!

Passamos a maior parte da tarde entrando e saindo dos provadores. Finalmente, Mia se decidiu por um vestido de bruxa lindíssimo.

Quando estávamos quase saindo da loja, me disse:

— Em agradecimento por toda a sua ajuda com Max, quero te fazer uma surpresa. Me espere lá fora.

Mia me empurrou para fora da loja, sem ligar para meus protestos. Cinco minutos depois, saiu com um pacote e me fez prometer que não abriria até sexta-feira.

Estou começando a me acostumar com a vida na Terra, mas tenho uma missão a cumprir. Além disso, quero que essa Festa de Halloween se converta em uma...

Festa do Amor!

Um beijinho!

> Dia terrestre: 27 de outubro, 12:00 horas
> Calendário celestial:
> 3ª era do milênio lunar

Não consigo entender!

Hoje voltou a acontecer. Esta manhã, ao me levantar, estava chovendo a cântaros. Ao sair, me dei conta de que meu guarda-chuva tinha desaparecido. Não o encontrei em lugar algum, e isso porque sempre o deixo ao lado da porta...! Além do que, desta vez fechei a janela, com certeza... Não entendo como o Ross faz para entrar aqui!

No fim, tive que sair de casa sem guarda-chuva; além do mais, perdi o ônibus e precisei ir correndo. Cheguei ao instituto ensopada até os ossos... Que raiva! `__´

Ao chegar, encontrei com Jim, que começou a gritar no meio do corredor:

— Hahahahaha, está parecendo com um esfregão! Você veio nadando? Em seu guarda-chuva você não sabe o que é um país?

Estava a ponto de deixar isso passar batido, quando ele me disse, morrendo de rir:

— Você sempre pode pedir um NAMORADO ao seu guarda-chuva, quer dizer... um guarda-chuva ao seu NAMORADO...

Eu parei de repente e lhe perguntei:

— Que namorado? Que guarda-chuva? Do que você está falando? Eu não tenho namorado! Você está me deixando louca!

— Mas seu amiguinho não diz a mesma coisa... — ele respondeu, esboçando um sorriso malicioso.

E, depois de tirar sarro de mim, desapareceu pelo corredor. Arrrrgh... **Esse menino me deixa nervosa...!** Mas o que não sai da minha cabeça é descobrir quem fica dizendo por aí que é meu NAMORADO. Como acho que sei quem é, vou fazer ele engolir suas palavras...

Após me secar um pouco, entrei na sala, mas não encontrei ninguém. A professora ficou doente e nos mandaram para a biblioteca. Fiquei estudando matemática com a Gina até a hora do recreio.

Quando me preparava para devolver um livro a uma estante da biblioteca, encontrei com Ross em um dos corredores:

— Esta sala não te traz recordações? Aqui você quase perdeu suas asinhas de anjo...

— Me deixe em paz. Você não sabe que na biblioteca precisa ficar quietinho?

— Agora você é um Anjo da Ordem do Silêncio? Saiba que ser um Anjo do Amor já é bastante ridículo... — disse ele, zombando de mim.

— Tenho que colocar um livro ali, pode se afastar, por favor?

— Caramba, que mau humor temos hoje... Bem... apenas uma pergunta e vou te deixar ir: os anjos, como você, não têm que ajudar aos corações apaixonados e fazer com que os desejos amorosos se cumpram? Não é esta a sua missão?

— Sim, é isso mesmo... Achei que um "Grande Príncipe" como VOCÊ soubesse a resposta!

— Perfeito, então na sexta-feira você vai comigo ao baile.

— Quêêêêê?

— Muito simples: eu desejo um coração puro de Anjo, como o seu. De modo que, na próxima sexta, na festa, você que realiza os desejos das pessoas, vai cumprir o meu porque deve ajudar que o amor triunfe!

— Mas não dessa forma! Você só quer roubar meu coração!

— E o que isso tem de mau?

— TUDO! Eu não sou um brinquedo! Tenho uma missão a cumprir, mas NÃO com VOCÊ!

— Não me diga que os anjos nos descriminam, por sermos anjos do mal...? Eu só quero um encontro contigo... Não quer cumprir meu desejo? Você quer que meus sonhos se rompam e eu não volte mais a confiar no amor? — ele disse, teatralmente.

— Não é isso... É que...

Mas não consegui acabar a frase porque a bibliotecária apareceu e, muito brava, me pediu que fizesse silêncio. Ross havia desaparecido e eu levei uma bronca horrível...

Como ele podia ser tão cara de pau?
Querer MEU coração como troféu, manipulando minha tarefa de Anjo do Amor...!

Que crueldade! Esse demônio era pior do que eu imaginava!

Ao sair da biblioteca, cortei caminho atravessando o pátio e, de repente, vi algo que me deixou petrificada...

Ross estava atrás da fonte com o Bolinha de Pelo. Mas o que estava acontecendo? Meu gatinho estava dando meu guarda-chuva para o Ross. Não podia ser!

Com muito cuidado, fui chegando perto, devagarzinho, e descobri algo surpreendente:

Bolinha de Pelo estava FALANDO com Ross em uma língua estranha, que eu nunca havia escutado antes! Em seguida, se separaram e cada um foi para um lado.

É possível que Ross tenha hipnotizado meu pobre gatinho e o está utilizando para me prejudicar? Tenho que descobrir a verdade!

Isto não pode ficar assim!

> Dia terrestre: 27 de outubro, 19:30 horas
> Calendário celestial:
> 3ª era do milênio lunar

Ao acabar as aulas, fui correndo para o dormitório. Necessitava verificar o que estava acontecendo de verdade com o Bolinha de Pelo. Entrei como um turbilhão no quarto e ele estava ali, sentado no tapete, com olhos tristes.

— Oi — ele me disse.

— Você está falando mesmo ou isto é um sonho?

— Não, Estela, você não está sonhando.

Deixe eu me apresentar. Sou Nigrum, um demônio menor do submundo. Minha diferença em relação aos mais poderosos é que não tenho muitas habilidades e não posso tomar outra forma que não seja a de um gato.

Meu gatinho é um demônio? Mas como eu não havia detectado sua energia?

Como se tivesse lido meu pensamento, Nigrum continuou a história:

— Não é que você não detectou minha energia... é que tenho muito pouca. Desde muitos anos atrás, tenho servido às famílias reais de demônios... Mas não sei fazer muitos feitiços, sou lento e quase sempre acabo fazendo tudo errado... De modo que nunca me trataram bem...

Coitadinho! Devia se sentir tão sozinho...! Eu sei o que significa se sentir tão lento e o entendia perfeitamente!

— Não fique triste, Estela. Sinto muito ter te enganado... Preciso confessar que Ross jamais me manipulou. Fui eu que entreguei seus objetos a ele para te debilitar...

Então Nigrum me roubou os objetos por vontade própria!

Sem acreditar naquilo, eu perguntei:

— Mas como você pôde ajudá-lo? Não percebe que ele é mau-caráter?

— Você não o conhece. Sei que ele não tem se comportado bem, mas salvou minha vida em muitas ocasiões e lhe devo fidelidade. Ross não é malvado, mas se sente sozinho. É o mais novo dos irmãos e não esperam muito dele, mas sempre se esforça para demonstrar que pode ser um bom Demônio do Amor... Sinto pena dele...

— Mas por quê? Se ele passa o dia fazendo grosserias e me enchendo...

— Se ele faz isso, é para chamar sua atenção. A primeira vez que o vi sorrindo, foi quando ele estava contigo...

— O que você está dizendo? Ele me odeia e só quer destruir o amor entre os jovens do instituto!

— Não se dá conta de que outro demônio, na mesma situação, já haveria te capturado? Com todo respeito, Ross é mais forte do que você e não demonstrou todos os seus poderes... Por que faria isso, se não fosse para ter você por mais tempo, aqui, com ele?

— Mais tempo para quê? Para arruinar de vez a minha vida?

— Por favor, vá com ele ao baile. Tenho certeza de que ele não te fará mal. Além disso, ele vai ficar muito feliz e talvez queira voltar ao Submundo...

— Está bem, prometo que vou pensar no assunto, mas não dou certeza de nada...

Eu estava muito confusa... E se Ross não fosse tão mau como eu imaginava? E se ele também merecia uma oportunidade? Ai... não sei o que fazer!

Dia terrestre: 28 de outubro, 13:00 horas

Calendário celestial:

3ª era do milênio lunar

Hoje eu cheguei na classe bem cedo e encontrei em cima da minha mesa todos os objetos que haviam desaparecido do meu quarto. Ross estava junto deles:

— Já soube que Nigrum te contou tudo... Pegue suas coisas, não preciso delas para conquistar você. A propósito, já pensou sobre o baile? Deixe-me roubar seu coração e depois partirei. Não seja teimosa! Se você não for comigo, vou ter que arrumar outro par...

Disse isso e saiu da sala. Estou cheia das ameaças dele, isto tem que acabar! Depois do que ele me disse, fiquei tão indignada que o segui. Perto da bilheteria, estava Mia, e Ross parou ao seu lado:

— Como você está bonita, Mia! Se você não fosse ao baile com Max, te pediria que fosse comigo...

Mia ficou corada e respondeu:

— Se me pede isso, oh, Príncipe Roshier, deixarei o Max e irei contigo. Você é tão belo que não sei como pude me interessar por esse humano insignificante...

Mia estava cedendo a um Encontro Demoníaco! Isto era terrível!

Ross a pegou pela cintura:

— Isto seria uma boa ideia. Inclusive, eu deixaria que você me beijasse...

Dando uma pisada no pé da Mia, para liberá-la do encantamento, sem pensar no que eu fazia, eu peguei o braço do Ross e disse:

— Bom dia! Sobre o que vocês estão conversando?

Mia despertou do transe e voltou ao normal. Sem se recordar de nada, me deu uma olhada e respondeu:

— Sobre o baile, claro. Melhor eu deixar vocês, com certeza têm muito do que falar...

E se foi, nos deixando sozinhos. Ross disse, de maneira triunfal:

— Não vai poder estar sempre perto dela... Se você não vier comigo, vou separar a Mia do Max.

— Deixa eles em paz!

Me dando as costas, respondeu:

— Você já sabe o que deve fazer, se quiser que eu me esqueça dela. Não gosto que me façam esperar...

Grrrr... Eu precisava tomar uma decisão logo ou Ross acabaria com todos os casais do instituto!

Dia terrestre: 29 de outubro, 21:00 horas
Calendário celestial:
3ª era do milênio lunar

A situação está fora de controle...

Hoje, ao meio-dia, no refeitório, Ross levou uma caixa de bombons e foi oferecendo para todas as meninas.

Eram bombons com a poção do Falso Amor!

Pouco depois, já se escutavam suspiros por todo o instituto e havia corações desenhados com o nome dele em todas as lousas das salas. Estavam loucamente apaixonadas!

No meio desse caos, decidi atuar e subi no terraço. Me transformei em Anjo do Amor e convoquei um feitiço com todas as minhas forças:

Falso Amor que confunde os corações, desapareça e apague as lembranças do Amor Sem Sentido!

MAGIA CURA CORAÇÕES!

Com grande esforço, consegui que tudo voltasse à normalidade, mas curar de uma vez tantos corações me esgotou... Por pouco, não consigo recuperar minha forma humana...

Estava tão cansada, que nem me aguentava em pé. Me apoiei na sacada do terraço, para me recuperar, mas, distraída, não percebi que o gradil estava solto, e, sem forças para poder evitar uma queda, pisei no vazio... Eu ia me espatifar contra o chão!

176

De repente, uma sombra apareceu ao meu lado... Tudo ocorreu tão depressa, que não consegui dar conta do que estava acontecendo...

Ross saiu do nada, se transformou em anjo do mal e me pegou no ar, voando.

ELE ME SALVOU!

Mas, enquanto me protegia com seu corpo, ele bateu contra uma árvore.

Ao chegar ao solo, me deixou delicadamente sentada em um banco, e, antes que eu pudesse me recuperar, desapareceu.

Por que ele fez isso?
Tinha arriscado sua identidade secreta por mim?
O que estava acontecendo?

Minha cabeça dava voltas, e, ao olhar para baixo, descobri um rastro de SANGUE no chão... Devia ser do Ross...!

Ele havia se machucado ao me proteger!
E tinha SALVADO A MINHA VIDA!
Precisava fazer alguma coisa.
Não podia ficar de braços cruzados!

> Dia terrestre: 30 de outubro, 17:30 horas
> Calendário celestial:
> 3ª era do milênio lunar

Estou muito preocupada. Hoje, o Ross não apareceu no instituto.

E se as feridas dele são graves? Talvez precise de ajuda, e, mesmo que seja um demônio, **não deveria socorrê-lo?**

Ao chegar em casa, engolindo o orgulho, perguntei a Nigrum onde eu poderia encontrar o Ross, e fui vê-lo.

Quando ele abriu a porta, senti pena: **estava cheio de feridas!**

— Se você veio rir de mim, pode ir embora. Se veio me capturar, esqueça! Estou fraco, mas ainda posso te vencer...

Sem olhar para a cara dele, lhe dei a pomada para as asas:

— Fique quieto, antes que eu me arrependa! Pegue este creme, que precisei usar há pouco tempo, por sua causa... É muito bom para cicatrizar feridas, rapidamente.

— Mas meus machucados são leves! Não pretende que eu ponha esse creme de anjos, não é? **Não necessito dele...**

Obriguei Ross a se deitar, sobre umas almofadas, e comecei a aplicar a pomada, em cima das feridas:

— Você ficou com tanta pena de mim a ponto de vir até aqui? Não sabia que anjos não ajudam os demônios? — ele protestou. — E muito menos os curam!

— Os anjos ajudam a quem necessita do auxílio deles! Não sabia disso? Além do mais, não quero ganhar de você por inferioridade de condições. Não sou uma trapaceira como você...

— Vá embora... eu achei que você tinha vindo por outro motivo... Ai! Essa pomada me fez mal! Está ardendo!

— Se você é tão forte, não se queixe. Além disso, por qual outro motivo você pensou que eu tinha vindo aqui?

— Para nada! Esqueça! — ele respondeu, desviando o olhar. Por um momento, achei que ele estava triste.

— Só vim te trazer isso, porque Nigrum estava muito preocupado com você, pois, apesar de eu não te aguentar, ontem você se comportou muito bem comigo... Mas, se você vai me tratar assim, tudo bem... Acabe de colocar o creme, você mesmo!

Dei meia volta e fui em direção à porta. Antes que eu pudesse sair, Ross me encurralou contra a parede e sussurrou:

— Por favor, não vá. Pode continuar passando o creme... Quero ter as asas curadas para poder te acompanhar ao baile de amanhã. Eu queria muito estar perfeito para você...

Ele gostaria do quê...?

Não entendo como isso aconteceu, mas o meu coração acelerou. Ele me olhou e, pela primeira vez, seus olhos pareciam sinceros. Ele estava me convidando para um **ENCONTRO DE VERDADE** ou era outra de suas fraudes? Depois de tudo o que havia feito...

— Eu... eu não posso ir com você...

— Mas por qual motivo? Você prefere que Max e Mia se separem? Ou que Gina saia com Jim contra sua vontade? Ou que o resto dos casais também se separe? Ótimo, a festa será memorável e acabará em um mar de lágrimas... inclusive você!

— Ross, por que você é desse jeito?

— Você não é muito inteligente, não é mesmo? Sou um Príncipe das Trevas que somente pode roubar ou romper corações. Não posso consegui-los com amor... você ainda não entendeu? É minha natureza!

Neste momento, enxerguei com clareza: Ross era um demônio e, ainda que ele desejasse, nunca poderia ser do jeito que eu ansiava... Suas intenções não eram más, somente era ruim a forma com a qual queria atingir seu objetivo. Então, precisava me sacrificar pelos meus colegas... Não tinha outro remédio, a não ser aceitar o convite dele, mas não sem antes negociar...

— Tudo bem, eu irei. Mas, em troca, você precisa me prometer que NÃO irá usar sua magia NEM impedir que o amor flua entre os jovens EM MOMENTO ALGUM. Se você romper o pacto, voltará ao submundo e desaparecerá da minha frente para sempre.

— E se eu não a usar? Vou ter alguma recompensa? — ele questionou, com um sorriso malicioso.

— Sua recompensa será ir comigo ao baile e terminar, agora, esta guerra absurda! Nos veremos amanhã à noite, na frente do instituto.

E, sem lhe dar tempo de responder, saí andando. Então escutei, vindo da janela do quarto dele, um aviso:

— Se prepare, pois amanhã irei roubar um puro coração de anjo!

Então tá... sem chances!
Meu coração está a salvo de seus truques baratos!

Preste atenção, Joel, amanhã farei com que Ross se renda e conseguirei que o amor renasça no instituto!

> Dia terrestre: 31 de outubro, 12:00 horas
> Calendário celestial:
> 3ª era do milênio lunar

Todo mundo está superatarefado. As aulas foram suspensas, para poderem decorar o ginásio que acolherá o Grande Baile desta noite. Os garotos mais velhos estão construindo uma Passagem do Terror e, os menores, montando Barraquinhas. A nossa sala ficou de montar as teias de aranha, fantasmas e outros elementos decorativos, por todo o instituto. Também foi feito um sorteio para escolher o aluno que fará o discurso de boas-vindas da festa, e, acreditem ou não, saiu o nome do Jim! Brrrr... que medo, já sinto arrepios!

Eu deveria estar contente porque o Interesse Amoroso cresceu muitíssimo nas últimas horas, e parece que esta noite será propícia para flechadas, confissões de amor sob a luz da lua e inocentes primeiros beijos.

Às 19h, quando estávamos quase indo para casa para colocar a fantasia, Mia veio emocionada:

— Max disse que tinha algo muito importante para me dizer! Estou nervosa! Você não está? Porque você já tem um acompanhante para ir ao baile, certo?

— Sim... No fim, irei com o Ross... — respondi, suspirando.

— Você não parece muito animada... Não se preocupe, Ross é encantador e vocês formam um lindo casal...

— Não diga besteiras, Mia — respondi, já com a face rosada.

— Não sou só eu... Max também acha isso. Aliás, eu vou indo, pois preciso me arrumar. Ahh... é melhor você usar a fantasia que eu te dei ou ficarei chateada, hein!

Então ela partiu, cantarolando uma canção de amor.

Puxa... qual seria a fantasia que ela me comprou?

Eu estava cada vez estava mais nervosa, mas não entendia por quê...

Dia terrestre: 31 de outubro, 19:30 horas

Calendário celestial:

3ª era do milênio lunar

Com certeza foi ideia do Ross! Vejam a fantasia que a Mia me deu!

Vou vestida de DEMÔNIO!

Mas como é que ela foi ter essa ideia? Espero que ninguém de Nuvens Altas se dê conta da fantasia que estarei usando. Mas o que eu posso fazer? Se não a vestir, deixarei Mia triste. Tudo bem... será apenas por uma noite...

> Dia terrestre: 31 de outubro, 19:45 horas
> Calendário celestial:
> 3ª era do milênio lunar

Sabia que não demoraria para receber um pergaminho do Joel, zombando de mim. É tão típico dele...

Querida (Angelical?) Estela,

Já se cansou de suas penas a ponto de preferir essas asas escuras de morcego?

A verdade é que o traje te cai muito bem... Aproveitando que tenho um contato no Instituto do Submundo, talvez ainda dê tempo de te matricular lá. Me avise se te interessa; perderíamos uma anjinha, mas ganharíamos uma linda diabinha.

Esta noite, quando arruinará a festa dos jovens, o fará como anjo ou como demônio?

Seu querido ANJO,

Joel

P.S.: Aliás, em festas há sempre bolos, mande para mim um pedaço, pois aqui no Balneário não há muitos doces.

Affff... Se Joel sabia, logo TODO MUNDO saberia! Eu serei o "FAZMERIR" de Nuvens Altas...! Melhor ir para a festa... quanto antes acabar, melhor!

Dia terrestre: 31 de outubro, 20:30 horas

Calendário celestial:

3ª era do milênio lunar

Quando cheguei na porta do instituto, estava tão cheio de gente fantasiada, que me custou um bom tempo para encontrar o Ross. Ele estava vestido de demônio, **como eu!**

Com um sorriso travesso, me disse:

— Essas asas ficam muito melhor em você do que as suas, de anjo, tão cheias de penas...

— Com certeza, esta fantasia foi ideia sua!

— Você está enganada. Devo dar parabéns à Mia pela escolha. Eu não teria feito melhor...

E, colocando o braço em volta de mim, disse:

— Você me daria a honra de me acompanhar ao baile, princesa?

— Deixe de besteiras e lembre-se...

— Sim, sim... Sem truques, sem magia ou desaparecerei para sempre. Não se preocupe, nós demônios sabemos cumprir nossa palavra, ainda mais se ela for dada ao mais belo dos anjos...

Mas por que ele me dizia isso? Estava me deixando envergonhada... Cada vez, eu me sentia mais estranha, mas... por quê?

— Ross, só uma ou duas danças, nada mais que isso. Ao contrário de você, hoje tenho muito trabalho.

— Como quiser, mas, assim que começar a dançar comigo, não vai mais querer parar...

Que metido!

Entramos na festa, justo no momento em que o Jim começava o discurso.

— Sejam bem-vindos, garotos e garotas, à Festa de *Esmeralda* do *Instituto Halloween*. Cada um dos cursos contribuiu para criar esta *decorífica magnação*, quero dizer... decoração magnífica: tem uma fantasmagórica *terror de passagem*, um assustador *alvo ao tiro*, um doce cheio de *pinhata*, um aterrorizante *buffet livre*, de canapés de morcego, ponche de calabresa e açúcar de teia de aranha, e um *horripilente ambiante*, quero dizer... um ambiente horripilante, que nos fará companhia: esqueletos sinistros, aranhas asquerosas, bruxas apavorantes... assim como o *esperamento* mais *acontecido* por todos: o grande baile de monstros que ocorrerá às dez em ponto, na quadra de basquetebol. E agora vamos nos *dividir*, quer dizer... divertir!

A verdade é que não entendi quase nada do que o Jim havia dito..., mas desconfiei que ele estava dando largada ao início da festa...

Logo nos encontramos com Max e Mia, que dançavam na pista, enquanto Gina e Jim conversavam animadamente, tomando um refresco. Tudo parecia ir bem. A garotada estava se divertindo bastante.

O ginásio havia se convertido em um cenário perfeito. Do teto, saiam pendurados enfeites coloridos, e uma bola de espelhos, no estilo discoteca, girava sobre a pista. **Era um sonho de lugar!** Só faltava um pequeno empurrão de um **Anjo do Amor** para que a noite fosse um sucesso.

Deixei Ross perto do bar e fui colocar a mão na massa. Comecei a lançar **Feitiços de Amor**. Não tive que disfarçar muito, porque a garotada, ao me ver fantasiada de demônio, ria por causa das minhas "maldições diabólicas", quando, na realidade, o efeito era ao contrário.

Depois de conseguir que o amor surgisse em quase todos os casais, fui ver aquele que tinha deixado para o fim: Max e Mia. Eles estavam tão lindos dançando!

Me concentrei muito e fiz um feitiço, com meus melhores desejos:

Flechas de Cupido, que o primeiro beijo de amor sele os corações sinceros de Max e Mia!

VERDADEIRO AMOR PELA AÇÃO DO CUPIDO!

Max olhou dentro dos olhos de Mia e a abraçou ternamente. Mia ficou rosada, e, suspirando, colocou seu rosto perto do dele. Max, se armando de coragem, lhe deu um tímido beijo. Foi tãooooo bonito e tãooooo romântico...

Iupiiiiii! Eu consegui! Estou emocionada!

Contentíssima, fui atrás de Ross. Ao contrário do que podia pensar, ele não aproveitou para me apunhalar pelas costas:

— Podemos dançar agora que já terminou seu trabalho, princesa?

— Sim, vamos.

Ross parecia neutralizado, mas uma pontada de tristeza atravessou meu coração. O que era aquela sensação? Eu já tinha devolvido o equilíbrio do amor. O que me segurava, então? Não deveria voltar o quanto antes à Nuvens Altas? Mas ainda faltava o baile... Eu estava super nervosa...

Por que eu não conseguia olhar nos olhos dele?

Ross me levou até a pista de dança e colocou seus braços em volta de mim. Estávamos tão perto um do outro que notava sua respiração...

— Estela, queria que este instante durasse para sempre...

Eu não me atrevia a levantar os olhos. Que vergonha! Devia estar vermelha como um tomate!

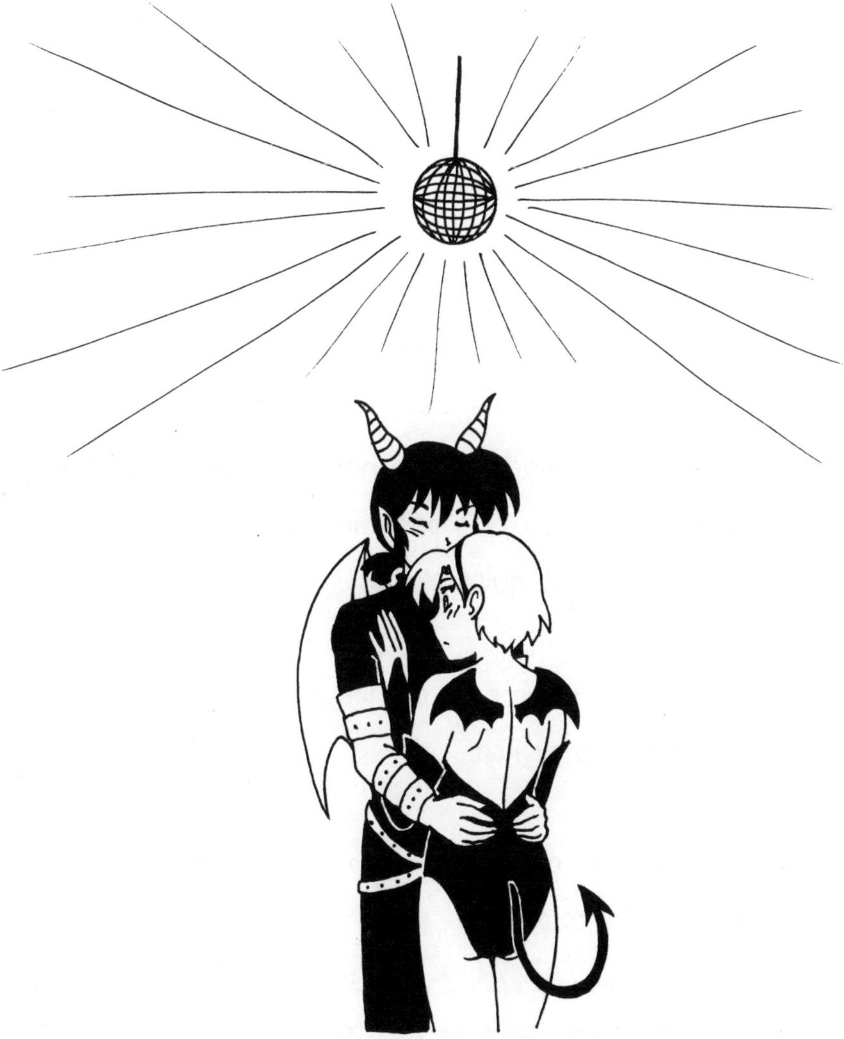

— Disfarçada, assim, você poderia me acompanhar ao Submundo...

O meu coração começou a bater bem depressa. Olhei para os olhos dele:

— É isso o que realmente quer?

— Não há nada no mundo que quero mais do que isso... Eu não posso ir à Nuvens Altas, mas você... se quisesse...

Mia chegou perto e me deu um abraço muito forte, me afastando de Ross.

— Max me deu meu primeiro beijo...! E finalmente me convidou para sair!

— Fico muito contente por você, Mia!

Isto era genial! Por fim, fluía a Magia do Amor!

Todos os casais estavam dançando carinhosamente, uma música romântica acompanhava as doces declarações de amor, a noite não poderia estar melhor...

Joel, preste atenção, consegui cumprir minha missão, sem a sua ajuda!
Finalmente sou um autêntico Anjo do Amor!

ESTELA MANDA MUITO BEM NA ARTE DO AMOR!

Mas, neste momento, escutei alguns garotos começando a subir a voz. De repente, certos casais começaram a discutir. Em poucos segundos, a pista de dança se converteu em um caos.

Todo meu trabalho arruinado!
Tanto esforço para nada!

Com lágrimas nos olhos, virei para Ross e gritei:

— Eu sabia que não podia confiar em você! Eu sabia! Por que você fez isso? Não podia deixar eles aproveitarem a festa, pelo menos uma noite?

Ross, atônito, respondeu:

— Por favor, Estela, acredite, não foi coisa minha... — e, com um olhar sombrio, completou: — Mas eu sei quem está por trás disso...

— Não acredito em você! Não vai voltar a me enganar! Jamais voltarei a confiar em um demônio!

Eu tinha que salvar a noite, precisava fazer com que aqueles pobres garotos recuperassem a confiança no amor... Então, comecei minha última tentativa para salvar a situação:

"Forças do universo, aos ancestrais, os chamo para despertar o amor nestes corações."

QUE MIL FLECHAS DO AMOR AJAM NESSES CORAÇÕES!

Pouco a pouco, as discussões foram acabando e todos os casais voltaram a dançar abraçados, como se nada tivesse acontecido.

Agora precisava cuidar de Ross. Sem pensar duas vezes, invoquei o ataque mais poderoso que conhecia contra um demônio. Eu tinha apenas uma oportunidade, se falhasse, não teria mais forças para voltar a tentar:

Pelo poder do Amor Supremo,
que a Força do Amor expulse este
Ser daqui da Terra, para sempre,
ao mais profundo Abismo!

Antes de desmaiar, só consegui escutar uma frase, saindo dos lábios dele:

— Você está enganada...

Alguém gritava meu nome, mas para mim era muito tarde. O mundo desapareceu e se tornou escuro.

EPÍLOGO SUBMUNDO

Calendário infernal:

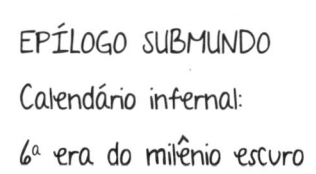

6ª era do milênio escuro

Ross está enfurecido em sua cela. Só se passaram algumas horas desde a festa, mas sua condenação já é conhecida: CULPADO.

Então escuta-se uma risada malévola:

— Querido, era tão fácil deixá-la morrer... Não entendo como pôde arriscar seu prestígio por esse anjo repugnante...

— Cale a boca, Lily! Foi tudo culpa sua! Se você não tivesse aparecido esta noite...!

— ... Você teria arruinado sua reputação para sempre. Oops, que pena! Isto você já fez... Mas fique tranquilo, eu vou tirar você daqui... Para o Tribunal Superior dos Demônios, você ter ajudado um Anjo ou ter proposto que ele desça contigo ao Submundo, rompendo o Tratado do Equilíbrio, a gravidade da sua pena é a mesma. Ou você já não se lembra do Tratado? Talvez esse anjinho lhe tenha feito esquecer que faz centenas de anos que as guerras entre os anjos e demônios deixaram de acontecer, com a condição de que nenhum membro dos dois lados tivesse acesso ao mundo contrário...

— Me deixe em paz! Nem você nem ninguém poderá impedir que eu volte a vê-la...!

Em um canto da cela, Ross, desesperado, cai ao solo, e, entre sussurros, diz:

— Estela... espero que esteja bem...

> **EPÍLOGO NUVENS ALTAS**
> Calendário celestial:
> 3ª era do milênio lunar

— Estela, acorde. Está muito entediante sem você...

Neste momento, Estela abre os olhos. Ela está na enfermaria de Nuvens Altas. Ao seu lado, Joel sorri.

— Joel, o que aconteceu? E Max? E Mia? E os garotos?

— Fique tranquila, está tudo bem. No fim, você cumpriu com sua Missão: o Amor voltou ao Instituto Esmeralda. Você fez um excelente trabalho, ainda que me custe admitir.

— Mas, eu...

— Você gastou tanta energia para castigar seu amiguinho, Ross, que...

— Ele não é meu amigo! Foi ele quem provocou o desastre!

— Você tem certeza? Então, por que ele te salvou?

— Ross me salvou?

— Sim, ele se esquivou de seu ataque e te devolveu uma parte da sua energia, para te manter com vida... Bem, preciso voltar para a classe, agora, depois te explicarei melhor, quando você estiver recuperada. E, por favor, não provoque nenhum desastre na enfermaria. Até logo!

Joel desapareceu pela porta. Estela, confusa e sem se lembrar de nada, levanta-se, e, neste momento, Nigrum aparece ao pé da cama:

— Nigrum! O que faz aqui!? Como conseguiu traspassar as portas de Nuvens Altas?

— Conheço uma portinha secreta que conecta os dois mundos... Vim aqui, porque Ross está em perigo. Ele te salvou, e o Tribunal Superior dos Demônios o julgará por isso. E tudo por causa da mimada Lily...

— Espere um pouco... Quem é Lily?

— Lily é uma diaba que persegue Ross no instituto. Tem uma obsessão por ele, e, ao ver que Meu Senhor gostava de você... por ciúmes, subiu para estragar a festa.

— Então... Ross manteve sua palavra, àquela noite?

— Sim! E, por te ajudar, agora se encontra em apuros. Não sei o que fazer...

— Isso é injusto! Nigrum, precisamos resgatar o Ross!

— Então você vai infringir o Tratado de...

— Alguém me disse uma vez que os demônios também podiam ter bom coração, certo? **Vamos atrás dele! Sou um Anjo do Amor e não nego ajuda a ninguém!**

Estela, decidida, se levanta da cama e sai correndo atrás de Nigrum, que lhe mostra o caminho para a passagem secreta que a levará até o Submundo.

Stern & Jem

Criam vários projetos juntas já há alguns anos, mas finalmente resolveram levar este adiante. Stern é desenhista e leitora profissional de literatura infantil e juvenil, enquanto Jem é escritora e jornalista. Nas horas de folga, Stern prepara deliciosos cupcakes e não consegue parar de criar aliens n'*Os Sims*. Ah, sim! Também adora gatos e os gatos a adoram. Já Jem prefere os cachorros (especialmente se forem vira-latas), dormir muito e ficar o dia inteiro grudada no celular. As duas amigas são fãs de mangá.

Juntas publicaram a HQ *Mayumi Ganbatte* (Megara Ediciones) e Jem, por sua vez, também publicou *Em dic Laia* (Estrella Polar). Enquanto preparam as novas aventuras do *Diário de Estela*, elas escreveram uma carta para você!

Olá, novamente!

Obrigada por comprar a segunda aventura da nossa querida Estela, o Anjo do Amor. Somos *Stern & Jem*, as cronistas oficiais da Estela. Ela nos visita sempre, e, enquanto devora um delicioso cupcake feito pela *Stern*, nos conta suas peripécias, sempre de forma vibrante. Então, *Stern* dá forma às aventuras, ao passo que *Jem* cuida da escrita.

Estamos muito contentes por você ter este livro em suas mãos! Adoraríamos saber o que você achou e receber suas opiniões e perguntas sobre a Estela, às quais responderemos sempre que for possível.

E se você gostou desta segunda aventura, saiba que em breve poderá ler o terceiro livro, para descobrir qual será o destino de Estela e Ross. Portanto, já sabe: se quiser entrar em contato com a gente e descobrir todos os segredos da Estela...

Visite-nos em www.diariodeestela.es

Beijos, repletos de magia e amor,

Stern & Jem